JN307712

書下ろし

# 悲の剣

介錯人・野晒唐十郎⑪

鳥羽 亮

祥伝社文庫

目次

# 第一章

# 介《かい》錯《しやく》

1

その武士は、横溝八郎兵衛《よこみぞはちろべえ》と名乗った。

五十がらみ、鷲鼻《わしばな》で頤《おとがい》の張った男だった。納戸色《なんどいろ》の羽織《はおり》に藍鼠《あいねずみ》の小袖に同色の袴《はかま》、二刀を帯びていた。供はいない。小身の旗本《はたもと》か、江戸《えど》勤番の藩士といった身装《みなり》である。

狩谷唐十郎《かりやとうじゆうろう》が道場に招じ入れると、

「拙者《せっしゃ》、奥江《おくえ》藩の御使番《おつかいばん》でござる」

と、横溝はみずから身分を明かした。

奥江藩は出羽《でわ》国十三万五千石の外様《とざま》大名である。御使番は用人の使者役だという。

「それで、ご用の筋は試刀でござろうか」

唐十郎が訊《き》いた。

唐十郎は市井《しせい》の試刀家だった。旗本や大名家などから依頼されて刀の利鈍のほどを試すのである。引き取り手のない行き倒れや自殺者、ときには小塚《こづかっぱら》原で処刑された罪人の死骸をもらいうけて試し斬《ぎ》りにするのだが、死骸が手に入らないときには巻藁《まきわら》や古畳を斬って試すこともある。表向きは小宮山《こみやま》流居合の道場主だったが、門弟はふたりしかおらず、試刀家として暮らしをたてていたのだ。

「いや、切腹の介錯《かいしゃく》をお願いしたい」

「介錯を……」

唐十郎は試刀や刀の目利きの他に切腹の介錯も引き受けていた。

大身の旗本や大名家では内輪の不始末を処理するため、切腹を命ずることがある。ところが、太平に慣れた昨今、見事一太刀で切腹者の首を斬って落とせるような手練《てだれ》がすくなくなった。それに、身内や縁者の逆恨みや後難を恐れて、引き受け手がいないこともある。そんなとき、唐十郎のような市井の介錯人の出番となるのである。

「さよう、そこもとは介錯の腕も達者と耳にし、依頼にまいったのでござる」

「貴藩なれば、腕に覚えの方も大勢おられましょう」

奥江藩には、家臣も多いはずだ。家中に腕に覚えのある者もいるはずである。

「それが、桑山朔四郎《くわやまさくしろう》なる者に介錯人を命じてあったのですが、十日ほど前、突如出奔《しゅっぽん》いたしまして」

横溝は苦渋の色を浮かべていった。

「切腹されるのは、家中の方でござるか」

「いかにも、萩原幹三郎《はぎわらみきさぶろう》ともうし、祐筆《ゆうひつ》でござったが、半年ほど前に士道不行届きということで……」

横溝は語尾を濁した。藩に不都合なことがあったのだろうが、どんな罪を犯したのかは分からない。

「萩原どのは、江戸の藩邸におられたのですか」

「いえ、国許《くにもと》におりましたが、捕らえられ、一月《ひとつき》ほど前、江戸送りということで、いまは江戸の下屋敷に拘束してござる」

「……」

妙だな、と唐十郎は思った。江戸勤番の藩士が罪を犯し、その処分のために国許に送られるなら分かる。それを、国許で捕らえた罪人を江戸に送って処罰するという。しかも、切腹である。

唐十郎がこのことを訊くと、横溝は渋面で、

「これには、事情がござって。実は、そこもとに介錯を依頼するのも、萩原がただの家臣でないからでござる」

といって、話しだした。

萩原は江戸勤番のおりに水戸《みと》藩士とまじわり、尊王攘夷《そんのうじようい》の思想にかぶれ、家中で盛んに説いたため、若い藩士のなかにも心酔する者が増えてきた。尊王攘夷をいいたてる若い藩士たちはしだいに藩の改革を叫ぶようになり、執政者に批判の目がむくようになった。それに執政者が危惧《きぐ》したことにくわえ、尊王攘夷論者に対する幕府の圧力もあって萩原以下、数人の藩士を国許に帰し、蟄居《ちつきよ》を命じたのだという。

この時代（嘉永《かえい》六年、一八五三）、幕府はペリーに率いられ浦賀《うらが》に姿を見せた四隻の黒船をはじめ、あいつぐ外国船の来航に困惑し、諸藩も防備や藩政改革の是非で揺れていた。

そうしたなか、水戸藩では以前から藩主徳川斉昭《とくがわなりあき》をはじめとする藤田東湖《ふじたとうこ》や会沢正志斎《あいざわせいしさい》などの尊王攘夷論者が活躍し、藤田や会沢の説は水戸学と称して諸国の改革派に強い影響をあたえていた。

「ところが、萩原は蟄居の身でありながら英倫塾《えいりん》に足繁《しげ》く通い、国許で尊王攘夷を説き、公然と藩政を批判するようになったのでござる」

英倫塾というのは、水戸学を学んだ儒者の福山泉心《ふくやません しん》なる者がひらいた私塾だという。萩原は英倫塾のなかでも俊英と謳《うた》われた男で若い藩士のなかには信奉者も多いという。

「しかも、萩原は若い藩士を扇動し藩の重臣の屋敷に押しかけ家臣に怪我《けが》まで負わせたのです」

横溝がいいつのった。

どうやら士道不行届きというのは、藩政批判の過激な行動に対して付けられた罪名らしい。

「捕らえた理由は分かるが、身柄を江戸へ移したのは」

唐十郎は抑揚のない声で訊いた。その白皙《はくせき》に表情はなく、憂《うれ》いの翳《かげ》が張り付いているだけである。

世は激動のときだった。幕府は財政難や外国船の来航などで屋台骨がゆらぎ、諸藩も保守派と改革派の対立が目立っていた。ただ、唐十郎はそうした騒乱にあまり関心をしめさなかった。剣のみに頼り、多くの人を斬って生きてきた唐十郎にとって、尊王攘夷も開国も、保守も改革もどうでもよかったのである。

「騒動をさけるためでござる」

横溝によると、国許には英倫塾に学び福山や萩原に心酔する若い藩士が多く、萩原を切腹させるとなると、どんな騒ぎが起こるか分からないのだという。

「江戸には、まだ尊王攘夷をとなえる藩士はすくないというわけでござるな」

「さよう。ただ、萩原が江戸にいたころの同志もおりますし、要職にある者のなかにも藩政の改革をとなえる者はおります」

「……」

「実をもうせば、介錯を命じた桑山も同志のひとりでござった。そうした同志の反発を抑える思惑もあって介錯を命じたのですが、江戸藩邸から姿を消してしまいまして」

横溝は苦々しい顔をしていった。

「そういうことか」

仲間割れをさせるために、同じように藩の改革を訴える桑山に介錯人を命じたが、逃げられたということらしい。そこで、藩とは縁のない市井の試刀家のところへ介錯を頼みにきたというわけなのだ。

「いかがで、ござろう」

「それで、切腹のご予定は？」

「半月ほど後の五月（旧暦）十日」

「この依頼受けるかどうか、しばし猶予をいただきたいが」

簡単に引き受けるわけにはいかなかった。藩内が二分して対立している状況下では、介錯した後、萩原に心酔している藩士に襲われないともかぎらない。屋敷内で大勢で取り囲まれれば、唐十郎とて切り抜けるのはむずかしいだろう。

「猶予といわれると？」

横溝が不審そうな顔をして訊いた。

唐十郎は御家中での切腹となると、御家の名誉のためにも醜態は見せられず、介錯の場に臨んで手慣れた介添人が必要であることを話し、

「拙者には、場を心得た介添人がおりますが、その者に話をとおす必要がございます」

と、いい添えた。

唐十郎には、本間弥次郎《ほんまやじろう》という腕利きの介添役がいた。

父、狩谷重右衛門《じゅうえもん》が道場主だったころからの門弟で、すでに四十路《よそじ》を越えている。道場の師範代ということになっているが、その実、唐十郎の試刀や介錯の介添人として生計《たつき》

を得ていた。

唐十郎は弥次郎の承諾を得る必要もあったが、それより奥江藩の内情を調べてみたかったのである。

「どれほど、待てば？」

横溝が訊いた。

「四、五日」

切腹が半月ほど後では、そう長く待たせるわけにはいかなかった。四、五日が限界だろうと唐十郎は踏んだのである。

「分かりもうした。では、五日後にあらためてまいりますが、これは手付け金として納めていただきたい」

横溝は袱紗《ふくさ》包みをふところから取り出して唐十郎の膝《ひざ》先に置いた。

ふくらみからして、切り餅《もち》がひとつ、二十五両ありそうだった。さすが、十三万五千石の大名である。手付け金も桁外《けたはず》れである。

「介錯のお礼には百両用意してござる」

そう言い置いて、横溝は立ち上がった。

——これを手にすると、断わるわけにはいかなくなるか。

唐十郎は苦笑いを浮かべて袱紗包みをふところにねじ込んだ。

2

道場にはさわやかな薫風が流れ込んでいた。道場の戸は開け放たれ、庭の新緑が目を射るように鮮やかである。

道場には唐十郎、弥次郎、それに助造《すけぞう》という若い門弟が端座していた。助造の出自は武《ぶ》州箕田村《しゅうみだ》の百姓である。唐十郎が中山道《なかせんどう》を旅したおりに出会い、小宮山流居合に心酔し、江戸へ出て道場に住み込むようになったのである。狩谷道場の総勢は、この三人だけである。

唐十郎はふたりに横溝とのやり取りをかいつまんで話した後、

「奥江藩の内情を調べてみたいのだがな」

と、いい添えた。

「若先生、わたしが探ってみましょう」

弥次郎は、奥江藩の藩邸ちかくで訊いてみれば、およその内情は知れるでしょうといった。

「お師匠、おらも」

助造が勢い込んでいった。

助造は道場に住み込むようになって、まだ二年の余である。連日、小宮山流居合の稽古《けいこ》に打ち込んでおり、試刀や介錯に同道したことはなかった。ただ、今回は介添人のひとりとして助造を連れていくつもりでいた。大名家の切腹の介錯など滅多《めった》にあることではなく、経験のために見せておこうと思ったのである。そのためもあって、介錯の話を伝えたのだ。

助造は江戸の暮らしにも慣れて武家言葉を遣うようになったが、ときどき百姓言葉も口をついて出る。

「では、助造にも頼もう。直接、藩士にはあたらず、付近の屋敷に仕える中間《ちゅうげん》や出入りしている店《たな》などから訊くといい」

唐十郎は、その程度のことなら助造にもできるだろうと思った。

手付け金のうち十両を弥次郎に、五両を助造に渡した。住込みの門弟とはいえ、ふだん渡しているわずかな金では心細いだろうと思ったのだ。唐十郎には助造にいくらかの金を渡してやりたい気持ちもあって、手助けを許したのだ。

「こ、こんな大金！」

助造は五両を手にして目を剝《む》いた。

「若先生のご好意だ。いただいておけ」

弥次郎が口元に笑みを浮かべていった。弥次郎にも唐十郎の気持ちが分かったのだろう。

　その日から、弥次郎と助造は道場を出て奥江藩上屋敷のある愛宕下《あたごした》と下屋敷のある京橋《きようばし》にむかった。

　一方、唐十郎は道場と同じ神田松永町《かんだまつながちよう》にある『亀屋《かめや》』に足をむけた。亀屋は弐平《にへい》という岡っ引きが女房にやらせているそば屋である。

　唐十郎は試刀や介錯のほかにも、まれに脱藩者の討っ手や上意討ちの助勢などを頼まれることがあった。そんなおり、相手の言い分を鵜呑《うの》みにして斬ると、思わぬ逆恨みを買ったり敵として狙《ねら》われたりしかねない。そのため、相手の素性や事件のあらましを弐平に頼んで調べてもらっていたのである。

　今度の介錯の依頼は大名であり、しかも家中には内紛もあるようなのだ。唐十郎は念のため、弐平にも調べてもらおうと思ったのである。

　亀屋の暖簾《のれん》は出ていたが、まだ客はいなかった。板場に声をかけると、弐平が濡《ぬ》れた手を前垂れで拭《ふ》きながら出てきた。そばを打っていたらしく、前垂れが白くなっている。身《み》丈《たけ》は五尺（約一五一センチ）そこそこだが、妙に顔が大きい。眉《まゆ》が濃く、ギョロリとした目をしている。その風貌《ふうぼう》から、貉《むじな》の弐平と呼ばれていた。金にはうるさいが、腕のいい岡っ引きである。

「旦那、早いおいでで」

弐平は心底を探るような目をして唐十郎の顔を見た。

「亀屋のそばを食いたくなってな」

「そばを食うにしちゃァ、ちと早いような気もしやすが」

まだ、四ッ（午前十時）前で、亀屋は仕込み中のようだ。

「ところで、弐平、お上の方の仕事はどうだ」

「このご時世だ。連日、てんてこ舞いでさァ」

弐平は飯台の脇に置いてある腰掛けがわりの空樽に腰を下ろした。

「それにしては、ひまそうだが」

唐十郎は弐平の前垂れに目をやっていった。弐平が忙しさを口実に、探索料をつり上げようとしていることは分かっていた。

「あ、朝のうちだけでさァ。女房が手伝ってくれってうるせえもんでね」

弐平は口ごもりながらいった。赭黒《あかぐろ》い顔がどす黒くなり、よけい貉に似てきた。

「忙しいとこすまぬが、頼みがあってな」

「旦那の頼みなら、何だってやりまさァ」

弐平が意気込んでいった。金の臭いを嗅《か》ぎつけた顔である。

「それが、弐平の手をわずらわせるほどの仕事ではないのだがな」

「どんなことです」

「実は、奥江藩十三万五千石を調べてもらいたいのだ」

「十三万五千石のお大名！　とてつもなく、でけえ仕事だ」

弐平は鶉《うずら》の卵ほどに目を剝いて驚いて見せた。

「それが、たいした仕事ではないんだ。探索したり、行方知らずの者をつきとめてくれというのではない。藩邸のちかくで、噂《うわさ》話を聞き込んでくれればそれでいいんだ」

「ですが、相手はお大名ですぜ」

「大名を相手にしろというのではない」

「そうはいっても、お屋敷に近付くだけでも気が引けますァ。……どうです、旦那、これで」

弐平は指を三本立てて、唐十郎の前にかざした。

「三分か。まァ、相場だろうな」

「だ、旦那ァ、吝《しわ》いことといってると、長生きできませんぜ」

弐平は握り潰《つぶ》された饅頭《まんじゆう》のように顔をしかめた。

「分かった、分かった。三両だな」

いつものやり取りである。唐十郎は、弐平が端《はな》から三両ほどは要求してくるだろうと分かっていたが、からかってみたのである。

ふところから財布を出し、弐平の手に三両載せてやると、弐平は急にニンマリして、

「お松《まつ》、旦那にそばとてんぷらを用意しろ」

と、板場の方に声を張り上げた。

3

庭の雑草が生い茂っていた。手入れをしない庭は荒れ放題である。丈の高い夏草の間から、小さな石像がいくつか覗《のぞ》いていた。身丈一尺二、三寸の石仏である。この石仏は、唐十郎が近くの石屋に頼んで作ってもらったもので、それぞれの背に首を刎《は》ねた者や斬殺《ざんさつ》した者の名と享年《きようねん》が刻んであった。唐十郎は己《おのれ》の手で殺した者たちの石仏を作り、供養していたのである。

供養といっても特別なことをするわけではない。ときどき頭から酒をかけてやるだけで、後は放置してある。石仏の前で手を合わせるわけでもなく、はびこった雑草を取るわけでもない。唐十郎には野晒《のざらし》という異名があった。だれがつけたか分からぬが、この荒れ庭に並ぶ石仏からくる荒涼とした光景が、野晒の心象につながっているのかもしれない。

唐十郎は縁先の柱に背をもたせかけ、庭の石仏に目をやりながら冷や酒の入った茶碗《ちやわん》をかたむけていた。

いっときすると、道場の方から近付いてくるせわしそうな下駄の音がした。ガッガッとしたひびきは、おかねのものである。

おかねは、近所に住む六助《ろくすけ》という大工の女房で、唐十郎が一人暮らしをするようになってから炊事の世話をしに通ってきていた。樽のように太った女で口は悪いが人はいい。四十過ぎても子供がいないせいか、唐十郎を自分の子供のように思うところがあり、ときには繕《つくろ》い物などをしてくれたりもする。

「若先生、道場にだれか来てますよ。三人も」

おかねが慌てた様子でいった。

「武家か」

「お侍がふたり、それに若い娘がひとり……」

「女もいるのか」

妙な取合わせだと思った。とにかく、行ってみようと思い、傍らに置いてあった愛刀、備前祐広《びぜんすけひろ》二尺一寸七分を手にして立ち上がった。

道場の戸口に立っていたのは、壮年と二十代半《なか》ばと思われる武士、それに武家の娘らしい女である。壮年の武士は羽織袴姿で二刀を帯びていた。御家人か、江戸勤番の藩士といった格好である。もうひとりの若い武士は牢人体《ろうにんてい》だった。月代《さかやき》が伸び、よれよれの袴姿で大刀を一本だけ差していた。娘は二十歳前後、色白でほっそりとした美形だった。その顔がすこしこわばっている。

三人は緊張していたが、殺気はなかった。唐十郎を襲う気はないようだ。

「奥江藩の家臣で、佐久間頼母《さくまたのも》ともうします」

壮年の男が、静かな声音《こわね》で名乗った。面長で鼻梁《びりょう》が高く、才知に長《た》けた雰囲気を持っていた。唐十郎を見つめた目に能吏らしいひかりが宿っている。佐久間は江戸勤番で、藩主に近侍する側用人の任にあるという。

つづいて脇にいた武士が、桑山朔四郎と名乗った。

――桑山というのは、この男か。

唐十郎は横溝の話を思い出した。介錯人を命じたら出奔したという男である。牢人体なのは、藩の追及の目から逃れるためであろう。となると、この三人は、萩原幹三郎の切腹に反対する者たちで、唐十郎に介錯人を断わるよう頼みに来たのかもしれない。

唐十郎が黙っていると、女が、奥江藩士島田部左衛門《しまだぶざえもん》の娘、圭江《よしえ》にございます、と名乗った。

「このような荒れ道場に、何用でござろうか」

「狩谷どのにお頼みしたいことがあり、まかりこしました」

佐久間が慇懃《いんぎん》にいった。

「ともかく、なかへ」

その場で立ち話をするわけにもいかなかった。

道場で対座すると、

「それで、ご依頼の筋は」

と、唐十郎から訊いた。

「過日、当藩の横溝八郎兵衛なる者が訪ねてまいったはずですが」

「おいでになりました」

やはり、介錯人を断われという頼みのようだ、と唐十郎は思った。

「介錯の件、いかがご返答なされた」

佐久間が訊いた。

「四、五日の猶予をいただいておりますが」

唐十郎は正直に答えた。

「すると、まだ承諾されてはいないのですね」

佐久間が唐十郎を直視しながらいった。桑山と圭江も食い入るように唐十郎を見つめている。どうやら、佐久間は萩原たち改革を訴える者の中心的な人物らしい。

「いかにも」

「狩谷どの、介錯を引き受けてもらうわけにはいきませぬか」

「引き受けろ、とのおおせか」

一瞬、唐十郎はわが耳を疑った。予想に反して、介錯人を受諾してくれというのだ。三人の顔は真剣だった。愚弄しているわけではないらしい。

「さよう」

「それは、なぜ？」

「狩谷どのの腕のほどは噂に聞いております。それに、介錯人を当藩とかかわりない方にというのは、われらの望みでもあるのです」

佐久間は、当藩の恥でござるが、狩谷どのにはつつみ隠さずお話しいたしましょう、と前置きして話し始めた。

萩原たち改革派を弾圧しているのは、国家老、梅田里右衛門《うめださとえもん》をはじめとする藩政の要職にいる重臣たちで、門閥《もんばつ》派と呼ばれていた。江戸では、江戸家老の小西作兵衛《こにしさくべえ》が中心になっているという。

小西は改革派を分断して対立させるために、江戸の改革派の尖鋭《せんえい》である桑山に介錯人を押しつけたのだそうである。

「萩原さまは、仲間の手で介錯してもらえるのは願ってもないこと、遠慮せず斬ってくれ、ともうされましたが、拙者、信奉する萩原さまの首を打つことは何としてもできず、藩邸から逃げたのです」

桑山は苦悶《くもん》の表情を浮かべていった。

「うむ……」

そのことは、横溝からも聞いていた。唐十郎が知りたいのは、その桑山たちがなにゆえ、唐十郎に介錯を頼みにきたかである。

口をつぐんだ桑山の後を引き取って、佐久間がつづけた。

「小西たちは、あくまでわれら同志のなかから介錯人を出そうとしておりましたが、中立的立場の重臣から、それなら藩とかかわりのない者に依頼したらよかろう、と折衷案が出され、渋々小西たちもそれを聞き入れたわけです。……狩谷どのが断わられれば、また小西は同志から出すことをいいだすやもしれませぬ」

「なるほど」

「すでに、萩原どのは切腹の覚悟をされ、介錯人なしでも十日には自ら腹を切ると口にしておられるそうでござる。それゆえ、狩谷どののような方に介錯していただければ、われらにとっても有り難《がた》いことなのです」

佐久間によると、萩原に会うことはできないが、見張り役の家臣の口から萩原の様子が漏れ聞こえてくるのだという。

「承知つかまつった」

唐十郎は、断わる理由がなかった。門閥派からも対立する萩原の同志たちからも望まれた介錯人なら、唐十郎が恨まれることはないはずである。

「それは、有り難い」

佐久間がほっとしたようにいうと、桑山もいくぶん顔をやわらげた。圭江の顔はこわばったままである。

「ところで、圭江どののお立場は？」

唐十郎が訊いた。佐久間と桑山が訪ねてきたのは分かるが、女の圭江がくわわっている理由が分からなかった。

「圭江どのは萩原どのの思想に感銘を受け、いっしょになることを言い交わした方でござる」

佐久間がそういうと、圭江はすこし頰《ほお》を染めて、

「国許から、佐久間さまを頼って上府してまいりました」

と、小声でいい添えた。

「……」

萩原の許嫁《いいなずけ》であろうか。切腹する前に萩原に逢《あ》うために江戸へ出て来たのであろう。それにしても、気丈である。取り乱した様子は、まったく感じられない。ただ恋慕の情だけでなく、思想的な信奉もあるからであろうか。女ながらに、藩の行く末を案ずる気持ちが気丈に振る舞わせているのかもしれない。

佐久間によると、現在圭江は親戚《しんせき》筋で江戸に町宿《ちょうしゅく》している妻女のいる藩士の許で暮らしているという。町宿というのは、藩邸内に入りきれない江戸勤番の藩士を居住させる町

中にある借家である。

「拙者からも、狩谷どのに願いの儀がござるが」

桑山が思いつめたような顔でいった。

「何でござろう？」

「これを、萩原さまにお渡ししていただきたいのです」

そういって、桑山がふところから数珠《じゆず》を取り出した。

「これは？」

「七つの珠に、萩原さまから教えを受けた者や所縁《ゆかり》の者たち七人の名が刻んでございます。萩原さまのお命を救うことはかないませぬが、せめて、おそばで冥途《めいど》へお送りしたいと思ったのでございます」

悲痛な声で、桑山がいった。

見ると、七つの珠に糸が通してあり、それぞれの珠に一文字ずつ刻んであった。

桑、佐、圭、の文字があった。桑山、佐久間、圭江のことであろう。他に、稲、牧、江、宇の文字もあった。いずれも藩士か、萩原に所縁のある者の名の一文字であろう。

「心得ました」

唐十郎は数珠を預かった。

## 4

奥江藩上屋敷の大書院の前の庭に、切腹場が設けられていた。藩として萩原に対し、武士として相応の礼をつくす気持ちがあるのであろう。大袈裟《おおげさ》ではないが、故実にのっとった正式な場であった。白幕と竹矢来で三方を囲み、南北に出入り口が作られていた。囲みのなかほどに白絹で巻かれた畳二枚が設置され、その前に白紙屏風《びょうぶ》が置かれてあった。まだ、姿は見せなかったが、屏風の両脇と右手に検使役の座る床几《しょうぎ》が並べられている。さらに一段高くなった大書院の廊下が、重臣たちの席になるはずである。

「いい日和《ひより》だな」

唐十郎が、空を見上げていった。

晴天である。まだ、四ッ（午前十時）前で、それほど陽射しは強くない。それに、近くに欅《けやき》や松が枝葉を茂らせており、緑陰のなかを渡ってきた風には涼気があって心地好かった。

唐十郎、弥次郎、助造の三人は、竹矢来の外にいた。中間や軽格の藩士が切腹場に出入りし、砂を撒《ま》いたり床几を運んだりしている。

「陽の光は、気になりましょうか」

弥次郎が上空を見上げながら訊いた。

介錯のおり、日光が邪魔にならないか、唐十郎に訊いたのである。

「いや、気にすることはあるまい」

陽を正面にして立ちさえしなければ、影響はないだろう、と唐十郎は思った。

「お師匠、来たようです」

助造が声を震わせていった。顔がこわばっている。初めての経験なので、だいぶ緊張しているようだ。

矢来の向こうで話し声がした。何人かの家臣が、床几に腰を下ろしたようである。

いっときすると、横溝と石谷竹之助《いしやたけのすけ》と名乗った側役の男があらわれ、

「狩谷どのお支度を」

と、うながした。

「心得もうした」

唐十郎は腰に帯びた愛刀の祐広の目釘《めくぎ》を確かめた。弥次郎は用意された手桶《ておけ》の水や柄杓《ひしゃく》を確認している。

すでに、唐十郎は麻裃《あさがみしも》姿でこの場に来ていた。裃の下に着用した浅葱《あさぎ》地の小袖の両袖は襷《たすき》で絞ってある。支度といえば、心の準備だけである。

「では、お願いもうす」

石谷が慇懃な口調でいった。

唐十郎たち三人は、石谷と横溝に連れられて切腹場に入った。

白絹をかぶせた畳の左手の床几には、家臣たちが腰を下ろしていた。白屏風の先の大書院の廊下にも、重臣らしい男たちの姿が見える。私語が聞こえていたが、唐十郎たちが入っていくと静かになり、視線を切腹場の方に集めた。

「若先生、仰々《ぎょうぎょう》しいですな」

弥次郎が小声でいった。めずらしく弥次郎の顔が紅潮している。これだけの大勢の視線のなかで、介錯をするのはあまり経験がなかった。助造も身をかたくして、手桶の脇に片膝をついていた。

「なに、萩原どのの首だけを見ればいい」

検使や見物人は、あまり気にならなかった。それより、切腹する萩原が落ち着いているかどうかである。逆上して暴れたりすると、綺麗《きれい》な介錯など望むべくもない。

「参ったようです。では、狩谷どの、お願いもうす」

石谷が唐十郎にちいさく頭を下げ、横溝を連れて右手の床几の方にまわった。

南側の白幕の間から、三人の男が姿を見せた。先頭の白小袖に麻裃姿の武士が、萩原らしい。無腰である。両脇の男も裃姿だが、袴の股立《ももだち》を取り二刀を帯びていた。付添い役の徒目付《かちめつけ》であろうか。

切腹場の白絹をかぶせた畳の前まで来ると、萩原は唐十郎に一礼した。唐十郎も無言で頭を下げた。

萩原は落ち着いているように見えた。歳は三十がらみ、目鼻立ちの整った端整な顔立ちをしていた。佐久間から萩原は改革派のなかの中心的な立場だと聞いていたが、それに相応《ふさわ》しい英知に満ちた指導者の雰囲気をただよわせていた。痩《や》せて肉を抉《えぐ》り取ったように頰がこけていたが、視線も揺れておらず、表情もおだやかだった。

――散らさずに済みそうだ。

と、唐十郎は思った。

切腹人が逆上して暴れたり、切腹を嫌がって体を動かしたりすると、うまく首が落とせない。下手をすると、介添人に体を押さえさせて、刀で首を押し切りにすることもある。そうなると、辺り一面血の海となる。散らすとは、血を散らすという意味である。

萩原が北向きに座ると、控えていた家臣のひとりが短刀を載せた白木の三方をうやうやしく持参し、萩原の膝先に置いて退いた。

ちかごろは切腹も形だけで木刀や白扇を用意することが多かったが、定法どおり、白鞘《しらさや》九寸五分の短刀が用意されていた。おそらく、萩原がそれを願ったにちがいない。己《おのれ》の手で割腹する覚悟ができているからであろう。

唐十郎は裃を脱ぎ、袴の股立を取った。

「狩谷唐十郎どのでござろうか」

　家臣が去ると、萩原が訊《き》いた。

「狩谷唐十郎にございます。ご介錯仕《つかまつ》ります」

　一礼して、唐十郎が答えた。

「ご苦労でございます」

　萩原は静かな声音《こわね》でいった。

「萩原どの、これを預かってまいりました」

　唐十郎はふところから、桑山から預かった数珠を出して萩原に手渡した。

　このやり取りを検使の者たちも見ていたが、口を挟む者はいなかった。数珠と知って黙認したようである。萩原は訝《いぶか》しそうな顔をして数珠を手にしたが、七つの珠に記された文字を見て数珠を預けた者たちとその思いを察知したらしく、目を閉じて額《ひたい》に押し当てるようにして何やらつぶやいた。

「かたじけのうござる」

　いくぶん、喉《のど》のつまったような声でそういうと、萩原は検使に目礼し、背筋を伸ばして正面を見すえた。そして、肩衣を左、右の順にはずし、小袖の襟《えり》をひらいて腹をあらわにした。

　萩原が圭江のことを口にしなかったことに、唐十郎はかすかな不審を覚えたが、何も問

わず、

「備前祐広、二尺一寸七分にございます」

そういって、唐十郎は抜刀して萩原に刀身をしめした後、脇《わき》に控えている弥次郎の前に差し出した。

弥次郎は柄杓《ひしゃく》で水を汲《く》んで刀身にかけると、ツーと刀身をつたった水が、切っ先から一筋の糸となって落ちた。

――心の乱れはないようだ。

唐十郎は流れ落ちる水に目をやりながら思った。気の昂《たかぶ》りや不安があると、刀を手にした手に力が入り、切っ先が揺れるのだ。かすかな揺れでも、切っ先から落ちる水は乱れ、糸のような筋を引いて落ちないのである。

そのとき、唐十郎は二匹の白い蝶《ちょう》が白幕のちかくで飛びまわっているのを目にした。二匹の蝶は戯《たわむ》れるようについたり離れたりしながら、切腹場に近付いてくる。

萩原は三方の短刀に伸ばそうとした手をとめ、唐十郎に目をむけ、何かいいたそうな顔をした。

「ご遺言があれば、お聞きいたそう」

唐十郎がいった。

「いや、そこもとなら蝶も斬れたであろう、そう思っただけでござる」

一瞬、萩原の顔に無念そうな表情が浮き、訴えるような目で唐十郎を見たが、すぐに表情を消して短刀を手にした。

萩原は数珠を手にした左手で左脇腹をなぜた後、右手で短刀を握りなおした。

唐十郎が祐広をふりかぶった。

白皙がかすかに朱《しゅ》を刷《は》き、気勢が全身に満ちてくる。

故実によると、首を落とす機は『三段の法』、『四段の法』、『九段の法』などと呼ばれ、それぞれ三度、四度、九度あるとされている。いずれにしろ、唐十郎は萩原が短刀を腹に突き立てた瞬間に斬り落とすつもりでいた。

萩原が短刀の切っ先を左脇腹にあて、力を込めた。

刹那《せつな》、鋭い気合とともに唐十郎の祐広が一閃《いっせん》した。

次の瞬間、頸骨《けいこつ》を断つ軽い音がし、萩原の首が前に落ちた。首は飛ばなかった。喉皮を残したためぶら下がったのである。

前に血が疾《はし》った。首根から赤い帯のように噴出した血は、まさに疾ったように見えた。

萩原は首の重さで前屈《かが》みになり、その首根から血が、ビュッ、ビュッ、ビュ、と音をたてて三度噴血した。心ノ臓の鼓動に合わせて噴き出たようだ。そして、出血の勢いが急激に衰え、たらたらと滴《したた》り落ちるだけになった。

萩原の体のまわりに数珠の七つの珠が散っていた。萩原の握りしめた左手に力が入り、糸が切れて飛び散ったらしい。

切腹場は水を打ったように静まりかえっていた。検使も大書院で見物している重臣たちも身を固くし、凄絶《せいぜつ》な斬首に目を奪われている。

白絹をひろげた畳を、真紅の花叢《はなむら》がおおったように血が染めていた。その花叢で舞うように、二匹の白蝶がひらひらと飛びまわっている。

5

その日、唐十郎たちは江戸家老の小西作兵衛から慰労の言葉をかけられ、茶菓の接待を受けた。小西は四十半ば、大柄で眉の濃い男だった。藩の重臣らしい静かな物言いで、唐十郎の腕の冴えを賞賛した。その後、唐十郎は横溝から百両渡され屋敷を出た。

四ツ半（午前十一時）ごろだった。朝餉《あさげ》が早かったせいか、唐十郎はひどく空腹を感じていた。

京橋を渡ってすぐの日本橋《にほんばし》通りでそば屋をみつけると、三人は暖簾を分けて店に入り座敷に腰を落ち着けた。唐十郎と弥次郎は、そこで酒を飲んだ。妙に気が昂《たかぶ》っていた。介錯で首を落としたときは、いつもそうだった。奔騰《ほんとう》する血を見たせいかもしれない。

「血に酔ったようだ」

斬首した後のこの興奮を、唐十郎たちは血に酔うといっていた。

「久し振りの介錯で、血が騒いだようです」

弥次郎もいくぶん顔を紅潮させて、猪口《ちょこ》をかたむけた。

斬首の後の興奮を鎮《しず》めるのは酒と女だが、陽が高いせいもあって、唐十郎も弥次郎も女を買いにいく気にはならなかった。

「お師匠、介錯の剣も居合の稽古で身につくものでしょうか」

助造が目を剝《む》いて訊いた。箸《はし》を持った手がかすかに震えている。一番興奮しているのは、助造かもしれない。

「介錯も居合の呼吸だ。そのうち、据物斬《すえものぎ》りの稽古をするといい」

据物斬りは死骸を土壇に固定して斬る試し斬りだが、斬首の稽古もできる。実際には、古畳や巻藁を使うことが多い。

「は、はい」

助造が声をつまらせていった。

三人は一刻（二時間）ほどして、そば屋を出た。日本橋通りは賑《にぎ》わっていた。初夏の強い陽射しのなかを風呂敷包みを背負った店者《たなもの》、供連れの武士、町娘、僧侶……、様々な身分の老若男女が行き交っている。

日本橋を渡り室町《むろまち》に入ると、唐十郎たちは右手の路地へまがった。人混みをさけて、静かな脇道をたどって岩本町《いわもと》まで来たとき、前方の路傍に立っている三人の武士を目にとめた。羽織を肩にかけ、袴の股立をとっている。しかも、三人とも深編み笠《がさ》で顔を隠していた。

寂《さび》しい通りだった。三人の他に人影はない。右手に稲荷《いなり》があり、その先は裏店の板塀になっていた。左手は夏草の茂った空地である。

「若先生、何者でしょう」

弥次郎が緊張した面持ちでいった。

「狙《ねら》いは、われらか」

三人が襲撃しようとしていることは明らかだった。行く手をはばむように立ち、体に緊張がある。

「引き返しますか」

弥次郎がそういったとき、

「お師匠、後ろからも！」

助造がひき攣《つ》ったような声を上げた。

見ると、同じような格好の武士が三人、背後から足早に近付いてくる。どうやら、六人の武士は、唐十郎たちを襲うつもりで待っていたようだ。それにしても多勢である。唐十郎には狙われる覚えがなかったが、考えられるのは萩原の首を刎ねたことに対する奥江藩士の報復である。

「やるしかないようだな」

逃げられない以上、腕ずくで切り抜けるより仕方がなかった。唐十郎は、すばやく前後の武士に目をくばった。六人にかこまれたら不利である。

「弥次郎、助造、後ろの三人を頼む」

声を上げざま、唐十郎は前に疾走した。

路傍にいた三人がいっせいに羽織を撥《は》ね上げ、深編み笠を投げ捨てた。さらに顔を覆面で隠している。

三人は次々に抜刀し、ふたりが左右に走って間をとった。疾走してくる唐十郎を三方からかこむつもりらしい。

——虎足《こそく》を遣う。

小宮山流居合には虎足という刀法があった。刀法というより、寄り身と体捌《さば》きといった方がいいかもしれない。

遠間《とおま》の敵に対し、猛虎のごとく一気に走り寄り、抜き付けの一刀を敵の右腕にあびせるのである。迅《はや》さと果敢さが命の技である。

唐十郎は、祐広の柄《つか》に右手を添えたまま一気に正面の敵に走り寄った。すでに三人の武士は抜刀して身構えていたが、唐十郎の激しい寄り身に驚き気圧《けお》されたようである。

青眼《せいがん》に構えた正面の敵の腰が引け、剣尖《けんせん》が浮いていた。

イヤアッ！

裂帛《れっぱく》の気合を発しざま、唐十郎が抜きつけた。

シャッ、と鞘走る音がし、鋭い閃光が弧をえがいた。

次の瞬間、正面にいた男の二の腕の肉が裂けた。ギャッ、という悲鳴を上げて、後ろへよろめく。唐十郎は後ろへ身を引いた男を追わなかった。体をひねりざま、右手の男の膝先を狙って刀身を払った。

小宮山流居合、浪返《なみがえし》である。

浪返は、前後ふたりの敵に対したときの技である。まず、正面の敵に対して膝先へ抜きつけ、敵の出足をとめておいて上段に振りかぶりざま反転し、背後の敵を真っ向から斬り落とす。

唐十郎は三人の敵に対し、虎足と浪返を連続して遣ったのである。

一瞬の流れるような体捌きで、唐十郎は背後にまわってきた敵の真っ向に袮広を斬り落とした。

やや切っ先がそれた。仰天した背後の敵が、逃げようと体をひねったためである。

覆面が裂けて、左の片耳が飛んだ。血飛沫《ちしぶき》が火花のように散った。男は呻《うめ》き声を上げて血を撒きながら逃げた。

「まだ、くるか！」

唐十郎の白皙に朱がさし、双眸《そうぼう》が猛虎のようにひかっていた。

三人の武士は大きく間を取り、荒い息を吐いていた。恐怖に目がひき攣《つ》っている。三人とも、すでに戦意を喪失していた。ひとりは半顔が血に染まり、もうひとりは右の二の腕を押さえている。

そのときだった。あそこだ！　助勢しろ！　などという男の声が聞こえ、稲荷の方から走り寄ってくる男の姿が見えた。武士が三人、その背後に女の姿もあった。

「ひ、引け！」

右腕を押さえていた男が声を上げ、反転して逃げ出した。他のふたりも、慌《あわ》てて後を追った。

あらわれた女の顔に見覚えがあった。道場に来た圭江である。武士のうちのひとりは牢人体の桑山だった。他のふたりは藩士らしかったが、初めて見る顔だった。

唐十郎は弥次郎と助造の方に目をやった。後方から来た三人の男が逃げていくところだった。ひとりの着物の肩口が裂け、袖が垂れ下がっていた。弥次郎に一太刀浴びたのだろう。弥次郎と助造に怪我《けが》はないようだった。

「狩谷さま、お怪我は」

圭江が蒼《あお》ざめた顔で訊いた。

「大事ないが、そこもとたちは」

唐十郎は、ふたりの武士に目をやって訊いた。

「奥江藩士、馬場信介《ばばしんすけ》でござる」

色の浅黒い大柄な武士がいった。すると、脇にいた小太りの武士が、米山惣次郎《よねやまそうじろう》と名乗った。

「おふたりとも、桑山さまの同志でございます」

圭江によると、唐十郎たちが出た後、深編み笠で面体を隠した数人の藩士が上屋敷を出るのを目にし、佐久間に伝えると、狩谷さまにお知らせしろ、と命じられ、馬場、米山とともに屋敷を出た。そして、途中、切腹の様子を知らせることになっていた桑山とも落ち合ったという。

「ところが、日本橋通りの人混みで狩谷さまたちの姿を見失い、岩本町への道筋を探したのですが、見つからず、日本橋辺りまで来たとき、深編み笠姿の藩士を目にして後を追ってきたのです」

「そういうことか」

唐十郎は、祐広の血糊《ちのり》を懐紙でぬぐって納刀した。

「それにしても、お強い……」

圭江は驚いたような顔をして馬場と米山に目をむけた。ふたりの藩士も、目を剝いてうなずき合っている。

「あの者たち、なにゆえ、われらを狙った」

唐十郎が訊いた。萩原の敵討ちとも思えなかったし、切腹の事実が外部に漏れぬための口封じでもないだろう。外部に漏れることを恐れるなら、初めから市井の試刀家などに介錯を頼みはしないはずだ。

「分かりませぬが、あの者たちが小西の命で動いたことは確かでございましょう」

圭江がいった。圭江の顔には、きつい表情があった。萩原の切腹の悲しみに耐えているため、そうしたけわしい表情になっているのかもしれない。

「江戸家老の小西か」

唐十郎たちにねぎらいの言葉をかけた男である。

「はい、あるいは、狩谷さまがわれらのお味方であると、勘ぐったのかもしれませぬ」

「なぜ、そう思ったのだ?」

「切腹の前に、萩原さまにお言葉をかけたからではないでしょうか。それに、お渡しした数珠でございます。その後、検屍《けんし》の者たちが数珠の珠を拾い、そこに記された文字から、小西たちは同志からの手向《たむ》けと分かったようです。その数珠を手渡された狩谷さまを、萩原さまのお味方と見たのでしょう」

「……………」

そうかもしれない、とは思ったが、唐十郎はまだ腑《ふ》に落ちなかった。いきなり、討っ手を差し向ける前に、その数珠はどうしたのかと問うてもいいはずである。

「それに、もうひとつわけがございます」

「それは？」

「いま、わたしの口からもうすことはできませぬ。いずれ、佐久間さまからお話しいただくことになりましょう」

圭江は蒼ざめた顔のままいった。

「そうか」

唐十郎はそれ以上訊かなかった。

それにしても、圭江は強い女である。許嫁であるかどうかは知らぬが、慕っていた萩原が切腹したばかりだというのに、気丈に振る舞い涙ひとつ見せなかった。

ただ、話がひと区切りしたとき、

「萩原さまのご最期の様子をお話しください」

と眉を寄せて小声でいった。

唐十郎は武士らしい見事な最期であったことを伝えた。圭江は狩谷様のお蔭でございましょう、と小声でいい、小さくうなずいただけだった。

唐十郎は圭江たちに一礼すると、ゆっくりとした足取りで歩きだした。弥次郎と助造が後ろから跟《つ》いてくる。

6

暑かった。風がないせいか、まだ初夏だったが、蒸すような暑さが道場内をつつんでいる。それでも、床を踏む力強い音と鋭い気合が、暑さを忘れさせてくれた。

居合の稽古をしているのは、助造と弥次郎だった。唐十郎は柱に寄りかかって、見ているだけである。ちかごろ唐十郎は道場に立って居合の稽古をすることはほとんどなく、もっぱら助造の稽古相手は弥次郎だった。

助造は小宮山流居合、中伝十勢《ちゅうでんじっせい》のひとつ稲妻《いなずま》を抜いていた。中伝十勢は、敵の人数、場、敵の構え、武器など様々な実戦を想定した技で、入身迅雷《いりみじんらい》、入身右旋《いりみうせん》、入身左旋《いりみさせん》、逆風《ぎゃくふう》、水車《すいしゃ》、稲妻《いなずま》、虎足《こそく》、岩波《いわなみ》、袖返《そでがえし》、横雲《よこぐも》からなる。

ちなみに、小宮山流居合には、居合の基本を身につけるための初伝八勢《しょでんはっせい》があり、それを身につけると中伝十勢に進むのである。

さらに、中伝十勢を会得すると、その先には奥義ともいえる奥伝三勢《おくでんさんせい》があり、それを会得すれば、免許が与えられることになっていた。

稲妻は上段から間合に入った敵の胴に、横一文字に抜きつける技である。片手斬りのため、遠間から仕掛けられるが、一瞬のためらいや間積もりの誤りで、敵の斬り下ろす太刀を正面から浴びることになる。正確な間積もり、抜刀の迅《はや》さ、敵の太刀を恐れぬ果敢さが求められる。

助造は上段に振りかぶったまま間合に入る弥次郎に対し、踏み込みざま横一文字に胴を狙って繰り返し繰り返し抜きつけていた。

助造の刺子《さしこ》の稽古着は汗びっしょりで、気合とともに抜きつける度に汗が床に飛び散っていた。

そのとき、唐十郎は道場の戸口に複数の足音を聞いて、かたわらの板壁に立て掛けてあった祐広を引き寄せた。

「お頼みもうす」

男の声がした。

唐十郎は祐広をつかんだ手を離した。男の声に、おだやかなひびきがあったからである。

「だれか来たようだ」

弥次郎が納刀し、助造も刀を引いて、戸口の方に目をやった。

戸口にあらわれたのは、桑山と佐久間だった。その背後に女の姿もあった。圭江である。

「助造、なかへ案内《あない》しろ」

唐十郎がそういうと、助造は手の甲で額の汗をぬぐいながら、三人を道場内に入れた。

「稽古の邪魔をして、まことにもうしわけござらぬ」

佐久間が唐十郎たちに頭を下げた。

「見たとおり、内輪の稽古だ。気にすることはない」

唐十郎が抑揚のない声でいった。

「先日の介錯、まことに感服つかまつりました」

佐久間がそういうと、桑山と圭江もうなずいた。三人とも、その場にはいなかったが、後で藩士からそのときの様子を聞いたという。

「で、用件は」

三人そろって、介錯の礼に来たとは思えなかった。

「狩谷どのに願いの筋がござって」

「願いとは？」

「あの日、小西の手の者が、そこもとたちの帰路、無謀にも襲撃したそうですが、これにはわけがござって。まず、そのことから話さねばなりません」

「うむ……」

あのとき、圭江が口をつぐんで語らなかった、小西の配下の者が襲った理由らしい。

「切腹のおり、萩原どのが、蝶のことを口にされたそうですが」

佐久間が訊いた。他のふたりは射るような目で唐十郎を見つめている。

「いかにも、そこもとなら蝶も斬れたであろう、ともうされたが」

意味は分からなかったが、唐十郎は萩原の遺言のような気がしないでもなかった。

「やはり、そうか。萩原どのは、そこもとに蝶を斬って欲しいといまわの際に言い遺されたのでござろう。それを藩士から聞いて、小西がそこもとを斬るよう討っ手をさしむけたのでしょう」

「蝶とは何のことでござる」

唐十郎は、佐久間が何をいっているのか分からなかった。

「影蝶《かげちょう》のことです」

「影蝶……」

「実は、わが藩には影蝶と呼ばれる刺客がおるのです」

「……」

「影蝶をあやつっているのは、江戸では小西と思われます。この影蝶によって、いままでに多くの同志が闇に葬られてきました」

佐久間によると、福山泉心のひらいた英倫塾で学んだ藩士で、尊皇攘夷を信奉し藩の改革を叫ぶ尖鋭的な者が、すでに五人も暗殺されているという。なかには、萩原と深い親交があり、改革派の要《かなめ》と目された者もいるそうである。

「今後も、暗殺はつづくはずです。改革派の者たちは、何より影蝶を恐れております。萩原どのは、生前そのことを憂慮し、何とか影蝶の暗殺をやめさせたいと願っておりました」

「それで、あのようなことを口にされたのか」

萩原は目の前で舞う蝶を見て、影蝶のことが頭をよぎり、あの言葉を遺したようだ、と唐十郎は理解した。

「影蝶はひとりでござるか」

唐十郎が訊いた。

「それが、はっきりいたしませぬ。影蝶と呼ばれる刺客はひとりのようなのですが、他にも刺客はいるのです」

「他にもいる?」

「はい、三人、あるいは四人とみられているのですが、把握できません。ただ、ひとりだけは分かっております。大隅益右衛門《おおすみますえもん》ともうす巨漢の藩士で、双源流《そうげんりゅう》をよく遣います」

「双源流?」

聞いたことのない流派だった。脇に座している弥次郎の方に目をやると、弥次郎も知らないらしく首を横に振った。

「領内に伝わる土着の流なれば、ご存じありますまい」

佐久間によると、剣だけでなく、小太刀、槍《やり》、薙刀《なぎなた》、柔術なども含んだ総合武術で、大隅は剣のほかに薙刀も達者だという。その大隅はいま江戸にいることが分かっているが、藩邸には姿を見せず、どこにいるか不明だそうである。

「なかでも、大勢斬ったのが、影蝶ですが、いまだに正体が分からないのです。首筋を斬る特異な剣を遣うらしいのですが」

「首筋を斬る剣？」

唐十郎の遣う必殺剣も鬼哭《きこく》の剣と称し、首筋を斬るものだった。

「さよう。死体は喉仏を横に薙ぐように斬られていました」

「……」

鬼哭の剣とは違うようである。横一文字に払う剣であろうか。

「それで、願いの筋だが、萩原どのが遺された言葉どおり、狩谷どのに影蝶を斬っていただきたいのです」

佐久間が声をあらためていった。

「影蝶を斬れとおおせか」

唐十郎は表情を動かさなかったが、弥次郎は顔をこわばらせ、助造は驚きに目を剝いていた。

「いかにも、影蝶だけでなく他の刺客もお願いしたい」

「うむ……」

「これは、われら改革派一同からの依頼でございます」

佐久間の声には重いひびきがあった。佐久間は壮年で側用人という要職にあることもあって、江戸にいる改革派の指導的立場なのであろう。桑山たちの様子を見ても、佐久間を尊敬し信頼している様子が見てとれる。

「斬らぬではないが、ただというわけにはいかぬな」

唐十郎は、いままでも金ずくで討っ手や上意討ちの助勢などをやってきた。それに、唐十郎には尊王攘夷も開国も、改革も保守もない。斬殺後、町方に追われたり、身内から敵と狙われたりしなければ、金で人を斬っても痛痒《つうよう》は感じなかった。唐十郎はそうやって生きてきたのである。

「承知してござる。ただ、われらに大金は払えぬゆえ、影蝶と他の刺客ひとりあたり五十両ほどしか用意できぬが……」

佐久間が声を落としていった。顔に苦悶の色がある。相手がだれであろうと、金で暗殺を依頼するのは、武士として気が咎《とが》めるのかもしれない。

「よかろう。ただし、当方は斬るだけだ。影蝶を探し、隠れ家をつきとめるのは、そっちの仕事だ」

得体の知れぬ刺客を斬るのに、五十両は安いと思ったが、唐十郎の胸には萩原の遺言と思われる言葉が残っていた。

「承知した。所在をつきとめ次第、報《し》らせにまいりましょう」

そういうと、佐久間はふところから財布を取り出し、

「これは、手付け金でござる」

そういって、二十両だけ唐十郎の膝先に置いた。

佐久間は唐十郎が金をふところにしまうのを見てから、

「もうひとつ、お願いがござる。圭江どのに、稽古をつけてやってはいただけぬか。過日、おてまえの技の冴《さ》えを目にし、感銘を受けたらしいのだ」

と、圭江に目をやっていった。

「狩谷さま、お弟子にとまではもうしませぬ。道場のかたすみにおいていただき、稽古を見させていただくだけでも結構でございます」

圭江が両手を床につき、思いつめたような顔でいった。

唐十郎は圭江の姿をあらためて見た。しなやかな体軀《たいく》で、女にしては、肩や腰がしっかりしていた。あるいは、何か武芸をやっていたのかもしれない。唐十郎がそのことを訊くと、

「双源流の小太刀の手解《ほど》きを受けたことがございます」

と、小声でいった。

佐久間がいい添えたところによると、圭江の父、島田部左衛門は双源流の遣い手で、自邸が道場になっていて、圭江はそこで父の手解きを受けたのだという。

「見たとおりの荒れ道場、稽古をつけるつもりはないが、来る者をこばむ気もない。助造たちの稽古を見るなり、独り稽古をするなり勝手に道場を使えばいい」

唐十郎は、素っ気なくいった。

「ありがとうございます」

圭江は深く低頭した。

7

夜陰が庭をつつんでいた。まだ、西の空にはかすかな残照があったが、軒下や物陰は夜の闇がおおっている。風があった。庭の雑草が風になびき、サワサワと音をたてている。

叢《くさむら》の間から石仏がいくつも覗《のぞ》いていた。闇のなかに姿をあらわした黒い像は、小動物の群れのように見えた。

唐十郎は茶碗酒を飲みながら、夜陰に目をむけていた。閑寂としたなかで、憂愁を酒でまぎらわせていたのである。

そのとき、叢を分けて近付いてくるかすかな足音がした。

——だれか来たようだ。

唐十郎は手にした茶碗を脇に置いた。

足音は常人のものではない。獲物に迫る獣を思わせるような忍び足である。ただ、その気配に殺気は感じられなかった。

板塀の陰の闇溜まりから人影があらわれた。鼠染《ねずみぞ》めの忍び装束だった。そのほっそりした体の線に見覚えがあった。咲《さき》である。

咲は女ながら伊賀者《いがもの》だった。明屋敷番《あけやしきばん》伊賀者組頭、相良甲蔵《さがらこうぞう》の娘である。いままで唐十郎は相良の依頼で多くの事件にかかわり、咲たちと共に敵と戦ってきた。その戦いのなかで、咲とも情をつうじ合う仲になっていた。

昨年、相良は幕閣を巻き込んだ事件のなかで命を落とし、いまは咲が組頭の任についている。そのためもあって、このところ咲は唐十郎の許に顔を出していなかった。

「唐十郎さま、お久し振りでございます」

咲は抑揚のない低い声でいった。顔にも表情がなかった。情人として来たのではない。伊賀者組頭として姿を見せたのである。

「何用かな」

唐十郎も他人行儀に訊いた。

「唐十郎さまは、奥江藩上屋敷で切腹の介錯をされたとか」

それでも、咲は唐十郎の脇に並んで腰を下ろした。

「頼まれて、萩原幹三郎なる者の首を落としたが、なにゆえ、咲が？」

「いま、幕府は黒船の来航により大きく揺れております。なかでも、伊勢守《いせのかみ》さまは外国の要求に応じるか否かで迷っておられます」

伊勢守とは、このときの老中筆頭阿部《あべ》伊勢守正弘《まさひろ》である。咲たち一部の伊賀者は、阿部の密命を受けて動いていたのだ。ふだんは明屋敷番として他の伊賀者と同様に暮らしているが、ことが起こると隠密として暗躍するのである。

米国のペリーに率いられた軍艦四隻が浦賀に来航したのは、半月ほど前のことである。すでに軍艦は出航していたが、江戸市民の興奮と不安はまだ冷めきってはいなかった。幕府も同様である。しかも、ペリーは国書を強引に受理させ、再来航して返書を求めることを明言して去ったので、幕府や阿部があわてふためくのは当然のことだった。ただ、唐十郎は国書のことやその返書を求めていることまでは知らなかった。もっとも、唐十郎は黒船もペリーもあまり関心はなかった。世の中がどう変わろうと、唐十郎は己の剣を頼りに生きていくしかないという思いが強かったのである。

「それで？」

黒船の来航や幕府の動揺が、奥江藩における萩原の切腹とどうつながるのか、唐十郎には分からなかった。

「伊勢守さまは諸大名や有識者の意見をひろく聞き、この国難に対処されようとなさっております。そのようなおり、強固な攘夷論や祖法を顧みない一方的な開国論は幕政を混乱させるだけだとみておられます」

「なるほど」

阿部は独断的な宰相ではなかった。幕閣や諸大名の意見をもとめ融和をはかりながら、政局の運営にあたっていた。

「伊勢守さまは奥江藩に尊王攘夷を主張する者が多く、改革派と門閥派が二つに割れて争っていることを憂慮され、われら伊賀者に探索を命じられたのです」

「それで、伊勢守さまの胸の内はどうなのだ。改革派をつぶせということか」

もしそうなら、唐十郎と咲は敵味方に分かれることになるだろう。咲は門閥派の小西側に有利なように動くだろうし、唐十郎は小西の配下の影蝶を斬ろうとしているのである。

「いまのところ、伊勢守さまの命はただ探索して動向を探れというだけでございます。奥江藩の騒動を左右しようというお気持ちはないようです。ただ、奥江藩がどちらか一方的な論にかたむき、幕府の方針と対立するようなことになれば、手を出すかもしれませぬ」

咲は感情のない声でいいつのった。慎重な阿部らしく、幕府に対抗する前に予防線を張っておこうということらしい。

「ここに来たわけは？」

阿部の考えや咲の立場を伝えにきたのではないはずだった。

「佐久間どのや桑山どのの動向を、お聞かせいただけませぬか」

そういって、咲は唐十郎を見た。

黒眸《くろめ》が濡れたようにひかっていた。ちらっと女の情がその面に浮いたように見えたが、咲はすぐに表情を消した。

「動向といっても、たいしたことは知らぬ」

唐十郎は、いままでの経緯を隠さずに話した。

「公儀に反対するような立場ではないようですね」

咲の顔にほっとした表情が浮いた。

「そのようには、みえぬな。尊王攘夷の考えが背後にあるのかもしれぬが、かれらは藩の改革を主に訴えているようだ」

唐十郎は、思想的なことに興味はなかったが、桑山や佐久間の口から幕府を批判するような言葉は聞いていなかった。

「それなれば、伊勢守さまも安心なされましょう」

「ところで、咲、影蝶なる者を知らぬか」

咲は佐久間や桑山のことを知っていた。すでに、奥江藩の内情を調べているとみていい。

「影蝶……。何のことでしょう？」

咲は怪訝《けげん》な顔をした。

「江戸家老、小西作兵衛の許で動いている刺客集団らしいのだ」

「存じませぬが」

「そうか。もし、影蝶のことが知れたら、おれに知らせてくれ」

「すると、唐十郎さまはその影蝶を」

斬るおつもりですね、という言葉を、咲は呑《の》み込んだようだ。咲は唐十郎の生業《なりわい》を知っている。

「そうだ。咲も油断せぬがいい。奇妙な剣を遣うそうだ」

唐十郎は、大隅益右衛門のことも知らせておいた。奥江藩を探索している咲と影蝶や大隅たちが顔を合わせる可能性は高かった。

「唐十郎さまもご油断なされぬよう」

咲はそういうと、口をつぐんだ。

いっとき、ふたりは夜陰を見つめたまま黙っていた。静寂のなかで咲の吐息がはずむように聞こえていた。

「唐十郎さま……」

咲が切なそうな声でいった。

「お逢いしとうございました」

咲はそっと唐十郎に身を寄せてきた。

唐十郎は、黙したまま咲の肩先に手をまわして力を込めると、咲はくずれるように唐十郎の胸に顔をうめた。

忍び装束の胸をひろげると、陶器のような白い胸乳が淡い夜陰のなかに浮かび上がった。その乳房に触れると、咲は喘《あえ》ぎ声を上げながらしがみついてきた。

唐十郎は廊下に咲を横たえた。何度も馴《な》染《じ》んだ体だったが、しばらくぶりで触れる咲の体は新鮮で魅力的だった。

咲も夢中で唐十郎を求めてきた。

細い三日月が、縁先のふたりの情交を覗いている。

# 第二章　奪還

# 1

戛《かつ》、戛《かつ》、と木刀をはじき合う音がひびいていた。

道場内で、圭江と弥次郎が木刀を打ち合っていた。弥次郎は定寸の木刀だったが、圭江は小太刀である。

狩谷道場に顔を見せるようになった圭江は、居合には手を出さず、弥次郎と助造を相手に小太刀の稽古に取り組んでいた。唐十郎は何もいわなかったが、弥次郎もそれを勧めたようである。居合は女に不向きだった。それに、刀を持ち歩かない圭江には不要でもあったのだ。

小宮山流居合は富多《とみた》流小太刀の分派であり、小太刀の体捌《さば》き、寄り身、間積もりなどを取り入れており、居合を学ぶ場合もまず小太刀の稽古から始めるので、弥次郎と助造も圭江のいい稽古相手になった。

それに、助造はいつになく張り切っていた。若い女の門弟がくわわって、さらにやる気が出たのかもしれない。

——なかなかの遣い手だ。

圭江の稽古を見ながら、唐十郎はその腕のほどを読み取った。

女とも思えぬ鋭い寄り身、体捌き、それに敵刃を恐れぬ果敢さも持っていた。ここに来る前から、かなり小太刀の稽古を積んでいたのだろう。萩原の切腹に際し、圭江が見せた気丈さも、武芸の修行によって精神力が培《つちか》われたためかもしれない。

圭江たちが稽古を終え、稽古着を着替えたところへ、桑山が藩士をひとり連れて顔を見せた。浅黒い顔に見覚えがあった。唐十郎たちが奥江藩上屋敷からの帰りに襲撃されたとき、圭江とともに助勢にくわわった馬場信介である。

「圭江どのの稽古の見学でもないようだが」

唐十郎が訊いた。圭江や弥次郎もそばに近寄ってきた。

「実は、昨夜、柘植半三郎《つげはんざぶろう》なる同志が斬られまして」

桑山が顔を曇らせていった。

柘植が所用で外出し、藩邸にもどる途中襲われたらしいという。

圭江が驚いたような顔をして、桑山を見つめていた。圭江は知らないようだった。

「それで、相手は？」

唐十郎は柘植を知らなかった。おそらく、奥江藩士であろう。

「肩口から袈裟《けさ》に斬られていましたので、大隅の手にかかったのではないかと推察しております」

「そうか。で、用件は」

藩士が斬られたことを伝えに、顔を見せたとも思えなかった。

「明日の夜、主だった同志がひそかに集まることになっております。そこで、狩谷どのや本間どのにもおいでいただきたいのですが」

「われらが密会にくわわっても、仕方あるまい」

唐十郎には、桑山たち改革派に与《くみ》する気持ちはなかった。依頼された影蝶や他の刺客を斬るだけである。桑山たち改革派がどうなろうと知ったことではないのだ。

「同志の多くは、影蝶を恐れております。狩谷どのたちがくわわるだけで、安心できると思います」

「そこもとたちの警護をするつもりはないが」

唐十郎は素っ気なくいった。

「それは分かっております。ただ、明日、影蝶があらわれる可能性が高いし、国許から植《うえ》村栄蔵《むらえいぞう》さまもおいでなので、ぜひ顔を見せていただきたいのです」

桑山は強く懇願した。

植村は大目付の要職にあり、英倫塾出身の秀才で、萩原に次ぐ改革派の中心人物だそうである。藩士の処遇のことで藩主に言上することがあり、三日前に上府したばかりだという。

「それに、植村さまは双源流の達者でもありますので、大隅や影蝶のことも分かるかもしれませぬ」

桑山がいいつのった。

若い桑山には、己の信じたことを貫徹しようとする一途さがあった。何としても唐十郎をつれて行きたいらしい。

「どうする？　弥次郎」

唐十郎は弥次郎の方に目をむけた。

「行ってみますか。桑山どのの同志の方の顔を見ておきたいし……」

弥次郎がいった。

唐十郎が黙ってうなずくと、桑山と馬場はほっとしたような表情を浮かべた。

翌日、桑山と馬場が道場に唐十郎たちを迎えにきた。ふたりは深編み笠で顔を隠し、粗末な単衣《ひとえ》によれよれの袴を穿《は》いていた。門閥派の家臣に気付かれぬよう、江戸市中を歩くときは他の藩士も牢人体《ろうにんてい》に身を変えることが多いという。

唐十郎は助造を道場に置き、弥次郎だけを連れて出た。

「行き先は、赤坂《あかさか》にある澄林寺《ちょうりんじ》という真言宗《しんごんしゅう》の寺でござる」

赤坂への道々、桑山が話したことによると、澄林寺は福山泉心が江戸にいたころ住職と親交があり、それが縁で改革派に肩入れしてくれ、現在密会の場所として使われているという。

澄林寺は江戸城の西方にある溜池の近くだった。大小の旗本屋敷がつづく一角にあった。境内《けいだい》はひろく、杉や松の杜《もり》が周囲をかこっていた。

山門をくぐると右手に鐘楼があり、正面に本堂がそびえていた。左手には庫裏《くり》と宿坊がある。

七ツ半（午後五時）ごろであろうか。陽は西にかたむき、境内は鬱蒼《うっそう》と葉を茂らせた木々の影につつまれて森閑としていた。

山門をくぐると、若い藩士が立っていて桑山と唐十郎に一礼し、

「みなさんが、お待ちです」

といって、宿坊へ案内した。

ひろい板敷きの間に、十数人の武士が端座していた。正面にふたり座り、他の武士は膝をふたりにむけて扇形に座っている。正面のひとりは、佐久間だった。もうひとりは壮年の武士で、羽織袴姿だった。眉の濃い、眼光の鋭い男である。

「佐久間さまと並んで座っておられる方が、植村さまです」

と、桑山が小声で耳打ちしてくれた。

桑山が唐十郎と弥次郎に佐久間の脇に座るよう勧めたが、ふたりはすこし離れた板壁の前に腰を下ろした。

「狩谷どのと本間どのをお連れしました」

桑山が紹介すると、集まった藩士たちの視線が唐十郎と弥次郎に集中し、私語がもれた。萩原の介錯のことを口にする者が多かった。植村と佐久間は唐十郎の方に顔をむけ、笑みを浮かべて目礼しただけである。

いっときすると私語がやみ、植村が口をひらいた。

「さきほども話したとおり、いまわが国は未曾有《みぞう》の国難に直面している。外夷《がいい》にそなえ、国防につとめねばならぬときだが、わが藩の現状を顧みれば、財政は逼迫《ひっぱく》し、大垣《おおがき》屋をはじめとする蔵元からの多額の借財で、このままでは藩の存続すらあやうい。しかも、一部の重臣が蔵元たちと結託し、私利私欲で藩政を動かしている始末なのだ」

さらに、佐久間が、ロシヤの南下に備え、海岸線に警備の藩兵を置く必要性を熱っぽく説いた。

佐久間につづいて、何人かの藩士が、海岸線に砲台を設置すべきだ、百姓、町人からも兵を募《つの》った方がいい、などという国防に対する意見が出たが、藩政にかかわる意見が多かった。

「大垣屋など一部の蔵元と縁を切り、米と特産品の海産物、木材は藩の専売にすべきだ」

と、ある藩士が声高に訴えると、つづいて脇に座していた若い藩士が、

「植村さまや佐久間さまに藩政の舵《かじ》を取っていただくために、梅田と小西を藩政の座から

引きずり下ろさねばならぬ」

と、強い口調で主張し、さらに別の藩士が、

「梅田と小西に誅伐《ちゅうばつ》をくわえよう」

と、激昂《げきこう》して叫んだ。

唐十郎と弥次郎は黙って聞いていたが、話が一段落したところで一礼して腰を上げた。奥江藩の内政にまったく関心のないふたりにとって、聞いていても仕方のないやり取りだったのだ。

2

「待たれよ」

座敷を出ようとした唐十郎たちに、植村が声をかけた。

「狩谷どのには、縁のない話でござろう。気付かずにすまぬことをした」

近付いてきた植村が、唐十郎と弥次郎に詫《わ》びた。

「いや、われら奥江藩の政事《まつりごと》に口を挟む立場にはないゆえ、遠慮した方がよかろうと思ったのです」

「藩士以外の方からも、ご意見をうかがいたい気もしたのですが……。ともかく、こちら

へ。おふたりには影蝶のことをお願いせねばならぬと思いまして、今夜はご足労いただいたのです」

そういって、植村は隣の座敷へふたりを案内した。書院ふうの静謐《せいひつ》な座敷で襖《ふすま》越しに藩士たちのやり取りがかすかに聞こえるだけで、物音ひとつしなかった。唐十郎たちが腰を落ち着けると、佐久間も顔を出した。

「多少藩の内情にも触れるが、影蝶にかかわることをお話しいたす」

植村はそういって話を切り出した。

現在、奥江藩では門閥派の国家老の梅田と江戸家老の小西が中心になり、自分たちの権勢を保持するために藩政を動かしているという。門閥派は家柄や血縁のみを重視し、体制が変わることを嫌って旧来の政策に固執していた。また領内の豪商と結び付き、藩のためというより己《おのれ》の利権のために政事《まつりごと》を動かすことが多かった。こうした門閥派の専横に反発した萩原、佐久間、植村などの許に若い革新的な考えをもつ藩士が集まり、改革派を組織した。当初、門閥派は出世や家禄の加増などをちらつかせて改革派を切りくずそうとしたが、勢力は増すばかりだった。これに業を煮やした門閥派は影蝶を中心とする暗殺集団をあやつり、改革派の精鋭を次々に暗殺するようになったという。

「われらは影蝶の凶刃に怯《おび》え、こうした隠れ家にひそかに集まり意見をかわしているだけなのです。……何としても、影蝶をそこもとたちの手で始末していただきたい。むろん、われらも、できるだけのことはいたします」

植村は訴えるような口調でいった。

「影蝶とは妙な名だが」

唐十郎が訊いた。初めて聞いたときから気になっていたのである。

「影にひそみ、なかなか姿を見せぬが、遠方からその姿を見た者がおり、蝶の舞うごとく華麗な動きをしていたと口にしたことから、影蝶と呼ばれるようになったようです」

「蝶の舞うような動き……」

「さよう」

「武器は刀でござるか」

「刀とのことです」

「……」

どのような剣であろうか。唐十郎の知っている流派に、そのような動きをする刀法はなかった。

「影と呼ばれるわけは、もうひとつございます」

脇で聞いていた佐久間が口を挟んだ。

「どうやってつかむのか、われらの動向を知っていて、狙った相手に影のように近付いて仕留めるようなのです。今夜のことも、狩谷どのや本間どのがわれらに与したことも、やつらは知っているかもしれませぬ」

佐久間は不安そうな顔をした。

「すでに、われらのことも知られているというのか」

「そう思い、用心した方がよろしいかと」

「うむ……」

そういわれると、座敷の外の闇のなかに影蝶なる得体の知れぬ刺客がひそんでいるような気もした。

「ただ、ひとりだけ、大隅なる藩士のことは分かっております」

植村がいった。

大隅は五十石の徒士《かち》組だったが、梅田に双源流の腕を見込まれ、徒士頭にまで出世したという。三年ほど前、江戸へ出て小西の許で改革派の藩士を暗殺し、その後は藩邸から姿をくらまし、影蝶とともに暗躍しているとのことだ。

「双源流のことをお聞きしたいが」

唐十郎は桑山から植村が双源流の達者であることを聞いていた。唐十郎がこの寺に来たのは、植村から双源流のことを聞きたかったからでもある。

「双源流は剣だけでなく、薙刀や小太刀なども指南する総合武術でござる」

「大隅は、どのような剣を遣うのです？」

唐十郎が知りたいのは、大隅の遣う剣である。

「大隅は巨軀でござる。その並外れた膂力《りょりょく》にまかせ、三尺の余もある胴田貫《どうたぬき》を遣います」

「胴田貫……」

唐十郎は驚いた。胴田貫は具足をつけた相手を斬る戦場刀である。斬るというより具足の上からたたき殺すために遣われるような肉厚の剛刀だった。いまどき、胴田貫など腰に帯びている者はいない。

「それに、薙刀をよく遣います。下手に受けようとすると、刀ごとたたき殺されます。熊のような男です」

「蝶のような華麗な剣を遣う影蝶と、熊のような剛兵か。どちらも、容易な相手ではないな」

そういって弥次郎の方に目をやると、めずらしくその顔がこわばっていた。弥次郎も、妖異な敵に不気味さを感じているようだ。

それから、唐十郎と弥次郎は小半刻（三十分）ほど話して腰を上げた。

植村たちは、今夜は宿坊に泊まり、明朝帰ったらどうかと勧めたが、提灯《ちょうちん》だけ借りて寺を出た。

月は出ていたが、薄雲が空をおおっているらしく通りは暗かった。すでに、町木戸のしまる四ツ（午後十時）ちかくだろうか。町筋は夜陰に沈み、家並から洩《も》れてくる灯《ひ》もなく、ひっそりと静まりかえっていた。

　唐十郎と弥次郎は、外堀沿いの道をたどって京橋へ出た。日本橋を渡り、寝静まった表通りを通って神田《かんだ》川に突き当たった。

　柳原《やなぎわら》通りである。神田川側の土手に、八代将軍吉宗《よしむね》の命で植えられたという柳が蓬髪《ほうはつ》のような枝葉を風に揺らしていた。この通りには古着屋などが軒を連ねていて、日中はかなりの人通りがあるのだが、いまは人影もなく夜の帳《とばり》につつまれている。

「若先生、だれかいますよ」

　提灯を手にした弥次郎が、声をひそめていった。

　見ると、和泉《いずみ》橋のたもとに人影がある。夜陰のなかで、小柄な人影がぼんやり見えるだけだが、武士のようである。

「案ずることはあるまい。ひとりだ」

　唐十郎の胸に影蝶のことがよぎったが、ひとりでふたりを襲うことはあるまい、と思った。

3

「もうひとりいます」

弥次郎が足をとめていった。

川岸寄りの柳の樹陰に、別の人影があった。ただ、闇が深く武士なのか町人なのかも分からなかった。

「どうします？」

弥次郎が訊いた。

「ここから引き返すわけにもいくまい」

道場のある松永町は、和泉橋を渡った先だった。それに、唐十郎の胸には影蝶ならその正体を見てみたい、という気持ちもあった。

唐十郎と弥次郎はゆっくりとした歩調で、橋のたもとに近付いていった。雲間から細い月が顔を出していた。小柄な男の姿が、月明かりにぼんやりと浮かび上がっている。二刀を帯びていた。他の武器は手にしていないようだった。

そのとき、柳の樹陰から人影が出てきた。

「巨漢だ！」

弥次郎が驚いたようにいった。

六尺余はあろうかと思われる巨軀である。手に長い棒のような物を持っていた。

「薙刀だ。大隅だな」

長身なだけではなかった。大樹の幹のような太い胴をしていた。総髪で顔が大きく、腕や首も太い。仁王《におう》のような風貌である。

「弥次郎、どっちとやる」

唐十郎は前方のふたりを見すえながら訊いた。小柄な武士も腰が据わり、侮《あなど》れない相手のようである。

「左手の小柄の方と」

いいざま、弥次郎が提灯を路傍に投げた。提灯を手にしたままでは戦えないのだ。ボッ、と音をたてて燃え上がり、夜陰を押しやるように辺りが急に明るくなった。

唐十郎は歩きながら祐広の鯉口《こいぐち》を切った。

――片手斬りも、薙刀の長さにはかなわぬ。

片手斬りは、両手の斬撃より切っ先が五寸ほど伸びるといわれている。だが、刀身と柄を合わせれば、六尺余もある薙刀の長さには太刀打ちできない。

鬼哭《きこく》の剣を遣うしかないようだ、と唐十郎は踏んだ。

小宮山流居合には一子相伝の必殺剣、鬼哭の剣があった。遠間から飛び込みざま片手斬りで敵の首筋を撥ねるように斬る。そのさい、肘《ひじ》も上体も伸びるため、二尺一寸七分の祐広の切っ先が四尺も前に伸びるのである。

だが、それでも薙刀の長さにはかなわない。

――柄を斬るしかあるまい。

と、唐十郎は思った。

燃え上がった火が細くなり、辺りの闇が濃くなってきた。

「いくぞ」

唐十郎が疾走した。虎足である。左手で鍔《つば》元を握り、やや前屈みの格好で一気に大隅との間をつめていく。

同時に弥次郎も走った。敵に構え合う余裕を与えず、勝負を決しようというのだ。一瞬の仕掛けと抜刀の迅さが、居合の命でもある。

「こい!」

大隅が獣の吠《ほ》えるように声を張り上げ、薙刀を構えた。半身になり、刀身を後ろに引いている。そのまま向かってくる唐十郎を薙ぎ払うつもりのようだ。

唐十郎が、鋭い気合を発しざま抜きつけた。遠間である。薙刀の斬撃の間よりも、さらに遠かった。跳躍しざま抜き放った刀身が鋭い弧をえがく。

一瞬、大隅の顔に驚愕《きょうがく》の表情が浮いたが、飛び込んでくる唐十郎にむかって薙刀をふるった。

戞《かつ》、と乾いた音がひびき、薙刀の刀身が大隅の足元に落ちた。薙刀の口金ちかくの柄を斬り落としたのだ。

そのまま両者は擦れ違い、大きく間をとって反転した。大隅は巨軀だが、動きは敏捷《びんしょう》だった。

「お、おのれ！」

大隅は憤怒の声を上げた。そして、手にしていた薙刀の柄を唐十郎に投げ付けると、腰の胴田貫を抜き放った。

ふたたび大隅と対峙した唐十郎は、すでに祐広を納刀していた。居合腰に沈め、いつでも抜ける体勢をとっている。

そのとき、弥次郎の発した気合がひびき、刀身のはじき合う音がした。つづいて入り乱れた足音がし、かすかな呻き声が聞こえた。

唐十郎が後じさって目をやると、弥次郎の着物の肩口が裂けていた。小柄な男も、袖が裂けている。相打ちらしい。

と、ふいに小柄な男が反転し、夜陰を裂くような甲高《かん》い音を発した。指笛である。そのまま男は夜陰のなかへ駆けだした。

「狩谷、この勝負あずけた」

大隅も後じさって、反転した。

バサバサと袴を揺らしながら、大隅は小柄な男の後を追っていく。指笛が引上げの合図だったらしい。

唐十郎は後を追わなかった。祐広を納めると、

「弥次郎、大事ないか」

と、近寄って訊いた。

「かすり傷です。……それにしても、あやつ奇妙な剣を遣いました」

弥次郎も刀を納めながらいった。露出した右の肩先に血がにじんでいたが、浅く皮肉を裂かれただけのようだ。すでに、血もとまっている。

「奇妙とは」

唐十郎は小柄な男の遣う剣を見ていなかった。

「遠間に立って両手に大小を持つと、両手を上にひろげるように構えたのです」

「ほう」

「蝶が舞うようでした」

「なに！　すると、影蝶か」

「影蝶かどうかは分かりませんが、ともかく奇妙な構えでした」

しかも、両手の刀を顔の前で交差させたりひらいたり、蝶が羽ばたくような動きをしたという。

「そのような構えでは、斬り込めまい」

「はい、わたしもそうみました。しかも、胴から下が隙《すき》だらけでしたので、浪返を遣ったのです」

弥次郎は浪返で、相手の膝先を薙ぐように払った。

すると、男は後ろに身を引きざま、右手の大刀で袈裟に斬り落としてきた。とどかぬ、と読んだ弥次郎は、男の胴を狙って二の太刀を払った。

男の切っ先は意外に伸びてきて弥次郎の肩先をかすめ、弥次郎の二の太刀は、男の左手を浅くとらえた。一合したふたりは背後に飛びすさり、構え合ったが、男が合図の指笛を吹いて逃走したという。

「うむ……」

それが影蝶の剣なのか。ただの虚仮威《こけおど》しのような気もした。男の右手の大刀が、読みより伸びてくることは分かった。片手斬りだからである。構えは奇妙で、初めての相手は驚くだろうが、奇を衒《てら》っただけの剣に、それほどの威力があるとは思えなかった。あるいは、まったく別の刀法を秘めているのかもしれない。

「首を狙ってこなかったのか」

佐久間や植村の話では、影蝶の剣は首を斬るとのことだった。

「首ではなく、袈裟にきましたが」

弥次郎も腑に落ちないような顔をした。

「影蝶の剣ではないかもしれぬな。……ただ、あやつも刺客のひとりであることはまちがいないようだ」

大隅ともうひとりの刺客が、唐十郎たちの前に姿を見せたのである。

「このままではすまぬな」

かならず、また襲ってくるだろうと思った。

唐十郎はゆっくりとした歩調で歩きだした。弥次郎もすぐ後ろを跟《つ》いてきた。

濃い闇が辺りをつつんでいたが、うっすらと道は識別できた。和泉橋を渡りながら、

――あのふたり、おれたちの腕をたしかめたのかもしれぬ。

と、唐十郎がつぶやいた。

4

「狩谷どのは、おられようか」

桑山が慌てた様子で道場に入ってきた。

そのとき、道場に居合わせた助造は、桑山のこわばった顔を見て、何か大事が出来《しゅったい》したと察し、母屋にいた唐十郎にすぐに知らせた。

「何があった」

挨拶《あいさつ》もせずに、唐十郎が訊いた。

「影蝶に、隠れ家が襲われました」

桑山は声を震わせていった。

「澄林寺か」

「はい、昨夜、影蝶と思われる一団に」

桑山によると、昨夜、澄林寺の宿坊に宿泊したのは、植村栄蔵、米山惣次郎、それに太《おお》田慶助《たけいすけ》という若い藩士だという。

今朝、桑山が澄林寺にいくと、宿坊の方が騒がしい。急いでいってみると、馬場や佐久間の顔もあり、みな蒼ざめた顔でつっ立っている。見ると、宿坊の戸口で米山が、廊下で太田が斬られて死んでいた。何人かの刺客に襲われたらしい。ただ、植村の姿だけは境内のどこを探してもなかった。

「植村どのは、別の場所で斬られたのか」

唐十郎が訊いた。

「それが、分からないのです。どこにも死体はないし、藩邸にもどった様子もないのです」

刺客たちから逃れて、どこかに身をひそめているのであろうか。

「それで、なぜ影蝶と分かったのだ」

「ふたりは、首を斬られて死んでいました」

「うむ……」

唐十郎の脳裏に柳原通りで襲った小柄な男の姿がよぎったが、その男かどうかははっきりしなかった。あるいは、影蝶は別にいるのかもしれない。

「佐久間さまが、狩谷どのに斬り口を見てもらったらどうか、といわれたので、急いで来たのです」

「ともかく、行ってみよう」

唐十郎も斬り口を見てみたいという気があった。斬り口から太刀筋が分かることもある。

助造も同道したいというので、連れて行くことにした。三人は足早に日本橋から赤坂へとむかった。

澄林寺に着いたのは、八ツ半(午後三時)ごろだった。ふたりの死体は、本堂の前に敷かれた茣蓙《ござ》の上に横たわっていた。佐久間たち数人の藩士が茣蓙を取りかこんでいる。いずれも、こわばった顔で頭を垂れていた。

ふたりの死顔には、本人のものと思われる羽織がかけてあった。夏の強い陽射しが、死体を照らしていた。死臭を嗅《か》ぎ付けたのか、青蠅《あおばえ》が飛びまわっている。

「見せてもらうぞ」

唐十郎はひとりの羽織を取った。

米山だった。目を見開き、歯を剝き出して死んでいた。首の喉仏のあたりに、抉《えぐ》ったような傷があった。正面から刀身を横一文字に払ったような傷である。首筋と胸部がどす黒い血に染まっている。他に傷はなかった。一太刀で仕留められたようである。

もうひとりも、同じような斬り口だった。同じ手にかかったことはまちがいない。

「他に斬られた者も、同じような傷でしたか」

唐十郎は立ち上がり、そばにいた佐久間に訊いた。

「同じです」

「昨夜、見た者は？」

体付きだけでも分かれば、柳原通りで襲った小柄な男かどうかは分かる。

「おりません。寺に残っていたのは、三人だけですから」

「それで、植村どのの行方は」

「まだ、知れませぬ。どこかに、身を隠しているといいのですが」

佐久間は蒼ざめた顔で心配そうにいった。

佐久間によると、すでに寺の周辺は探したし、上屋敷と下屋敷にも走ったが植村の所在は知れなかったという。

「いずれにしろ、この寺のことを門閥派に知られたわけだ」

慎重に密会しているようだったが、簡単に嗅ぎ付けられたようである。

「どうして敵に知られたのか。だれも尾けられた覚えはないのだが……」

佐久間は困惑したように顔をゆがめた。あるいは、影蝶のことが頭をよぎったのかもしれない。

それから、唐十郎は澄林寺の寺男と納所《なつしょ》にも昨夜の様子を訊いてみたが、宿坊で物音と悲鳴を聞き、行ってみたときには賊の姿はなかった、と寺男が口にしただけで、襲撃した者の様子は知れなかった。

唐十郎は一刻（二時間）ほど境内にいただけで澄林寺を出た。それ以上、とどまっても仕方がなかったからである。

植村の所在が知れたのは、二日後だった。桑山と圭江が道場に来て、その後の様子を報らせたのである。道場には弥次郎と助造が居合わせ、いっしょに話を聞いた。

「植村さまは、捕らえられていました」

桑山の話によると、澄林寺に押し入った一味の手で植村は拉致《らち》され、一時町宿の藩士の住居《すまい》に監禁されていたが、昨日京橋の下屋敷に連れて来られたという。

「どういうことだ？」

「大目付という藩士の勤怠《きんたい》を観察する立場にありながら藩政を誹謗《ひぼう》し、藩内の騒擾をあおった罪だそうです。すべて、小西たちの捏造《ねつぞう》です」

桑山は憤怒に顔を赭黒《あかぐろ》く染めていった。圭江は何もいわず、桑山の脇に顔をこわばらせて座していた。

「いま、植村どのは下屋敷に捕らえられているのか」

「はい、小西たち門閥派の手で吟味されています。やつらの狙いは、門閥派に対立するわれら改革派について聞き出すことです」

「そうか」

植村を斬らずに捕らえたのは、改革派の顔ぶれ、動向、隠れ家などをつかむためのようだ。

「それで、そこもとたちはどうするつもりだ」

下屋敷に押し込んで助け出すつもりであろうか。

「どうすることもできませぬ。下屋敷は大隅をはじめ、小西の配下の者が大勢でかためており、佐久間さまも自重するようもうされています」

「賢明な判断だな」

桑山たちが植村を助け出すため押し入っても、返り討ちに遭《あ》うだけだろう。むろん、唐十郎には助勢する気などない。

「せめて、狩谷どのに大隅を斬っていただきたいのですが」

桑山が、訴えるような目で唐十郎を見つめながらいった。

「うむ……」

「それを、あらためてお願いするために来たのです」

桑山の強い口調には、何としても引き受けてもらいたいという気持ちがあらわれていた。

「いいだろう。近いうちに斬ろう」

大隅が下屋敷にいることが知れたのである。屋敷内に踏み込んで斬るのはむずかしいが、出たところを襲うことはできる。それに、唐十郎には柳原通りで立ち合った決着をつけたい気もあった。

唐十郎は、桑山に大隅が下屋敷を出たら知らせてくれと頼んだ。

5

桑山はなかなか道場に姿を見せなかった。唐十郎も、弥次郎や助造と交替で京橋へ出かけ下屋敷を見張ったが、大隅が屋敷から出た様子はなかった。

植村が捕らえられて七日後、佐久間と桑山が道場に姿を見せた。ふたりとも牢人体に身を変え、深編み笠で顔を隠していた。門閥派の監視がきびしく、迂闊《うかつ》に出歩けないのだという。

「思いもしない事態になりました」

道場に腰を落ち着けると、佐久間が苦渋の顔でいった。

「植村さまが国許へ押送されることになったのです」

「国許へ」

妙だな、と唐十郎は思った。国許には英倫塾で学んだ改革派の若い藩士が多く、騒動になることを恐れて、萩原は江戸まで送られたのではないか。それを今度は江戸から国許へ押送するという。

唐十郎がそのことを訊くと、

「ご不審はもっともでござる。この裏には小西たちの策謀があるとみております。推測ですが、小西たちは護送の途中、植村さまを横死させるつもりではないでしょうか。植村さまには、斬罪や切腹などの重罪を負わせるような理由がございませぬ。そこで、護送の途中、病死か事故死を装って殺すのです。……もうひとつは、われらです。国許への道中、われらが植村さまを救出するために襲撃すると読んで、返り討ちにする策かもしれません。つまり、植村さまを囮《おとり》に使って、われらを討つのです」

佐久間は苛立《いらだ》ったような口吻《こうふん》でいった。

「そうかもしれん」

「おそらく、護送には大隅をはじめ、影蝶もくわわると思います」

「うむ……」

護送の旅は影蝶を斬る機会でもあるようだ。

「狩谷どの」

佐久間が膝を寄せ、訴えるような目で唐十郎を見つめながらいった。

「われらに手を貸してはいただけぬか。むろん、影蝶の始末料とは別にお礼を差し上げるが」

「罠《わな》と知っての上で、植村どのを救出するつもりか」

「はい」

「無謀だな」

「ですが、われらが手を出さねば、植村さまは旅の途中で殺されましょう。そうなることが分かっていて、見逃すことはできませぬ」

佐久間が絞り出すような声でいうと、傍らに座していた桑山も悲壮な面持ちでうなずいた。

「………」

そう思わせることが、小西たちの策でもあるのだ。

唐十郎は無言で虚空を見つめていた。佐久間たちに手を貸して、押送の警護の藩士と斬り合うつもりはなかった。あくまでも、奥江藩の騒動である。唐十郎には門閥派も改革派もないのである。

ただ、依頼を受けた以上、影蝶や大隅は斬りたかった。かれらが植村の護送者にまぎれているとすれば、旅の途中斬る機会があることも確かである。それに、江戸にとどまって動かなければ、影蝶たちは出羽国までついて行くかもしれない。場合によっては、そのまま国許に残る可能性もあった。そうなると、影蝶を討つ機会は失われることになる。

「護送者にもよるが、そこもとたちと同行して影蝶を討とう」

唐十郎は静かな声音でいった。

「かたじけない」

佐久間はほっとしたように頭を下げた。

「それで、植村どのが江戸から護送されるのはいつ？」

唐十郎が訊いた。

「分かりませぬが、そう長い先ではないはずです。分かりしだい知らせにまいりましょう」

「そうしてくれ」

その日、唐十郎は佐久間たちを送り出した後、亀屋に足をむけた。その後、弐平に会ってなかったし、あらためて頼みたいことがあったのだ。

亀屋には客がいた。大工らしい二人連れが酒を飲み、初老の町人がひとり隅の飯台でそばをたぐっていた。

唐十郎が暖簾をくぐって土間へ足を入れたところへ、弐平が銚子《ちょうし》と小鉢の載った盆を手にして板場から出てきた。

「こ、こりゃァ、旦那」

弐平は驚いたように目を見開いたが、すぐに照れたような笑いを浮かべて、どうです、座敷の方へ、と首をすくめながらいった。

土間のつづきに小座敷があった。そこには、まだ客の姿がなかった。土間との間に障子があるだけだったが、飯台にいる客の声は聞こえなかった。小声でしゃべっているせいらしい。

唐十郎が座敷に腰を下ろして、いっとき待つと、弐平が顔を出した。

「旦那、酒にしますかい」

「酒の前に話がある。そこに、座ってくれ」

唐十郎がそういうと、弐平は神妙な顔をして入ってきた。そして、障子のそばに腰を下ろすと、戸惑うような顔をして唐十郎を見た。

「だいぶ経つが、奥江藩の調べの方はどうなってる」

唐十郎が弐平を見つめながら訊いた。

「そ、それが、旦那、二度ほど愛宕下まで行ったんですがね。旦那が切腹の介錯をしたって聞いたもんで、もうあっしの用は済んじまったものと思いやして……」

弐平は上目遣いに唐十郎を見ながら、困惑したような表情を浮かべた。どうやら、唐十郎の仕事は終わったと勝手に判断して、調べるのをやめてしまったらしい。

「ということは、三両の仕事はしなかったということだな」

「で、ですが、二度も愛宕下まで足を運んでますし」

弐平はうろたえて、声をつまらせた。

「おれは、三両返せなどと吝いことはいわぬ」

「そ、そうですとも」

「それに、弐平には日頃世話になっている」

「あっしも、旦那のためだったら何でもする気でいやすんで」

弐平はほっとしたように顔をやわらげた。

「その弐平のために、さらに七両積もう」

唐十郎はふところから財布を取り出した。

「ど、どういうことで」

弐平が目を剝いた。

「あらためて、弐平の手を借りたいのだ」

「七両ねえ」

弐平の顔に不安そうな色が浮いた。

「奥江藩の下屋敷を探ってもらいたい」

「また、奥江藩ですかい」

「今度は、つごう十両の仕事をしてもらうぞ。下屋敷に大隅益右衛門という藩士がいる。熊のような大男だから、すぐ分かるはずだ。そいつが屋敷を出たら、跡を尾けて行き先をつきとめてくれ。それに、仲間を探り出してくれると助かる」

唐十郎は江戸を発《た》つ前に、影蝶の正体をつきとめたかったのだ。

「どうも、あぶねえ仕事のような気がする」

弐平の顔に警戒するような表情が浮いた。長年岡っ引きとして生きてきただけに勘はいい。

「いやなら、三両も返してもらうぞ」

「旦那、もう使っちまいやしたよ。しょうがねえ、やりやすよ。どうも、旦那と付き合ってると、長生きできねえような気がする」

弐平はべそをかいたような顔をした。それでも、七両手に握らせてやると、目尻《めじり》を下げて唐十郎に愛想をいった。

6

「狩谷さま、植村さまの国許への護送の日は、六月二十日だそうです」

稽古にきた圭江が、唐十郎に伝えた。このごろ唐十郎は圭江と顔を合わせることはすくなかったが、稽古はつづけているようである。

「十日後か」

予想より早かった。夏の暑い盛りである。猛暑の旅は辛い。唐十郎は、秋口になってからではないかと思っていたのだ。

「それで、同行する警護の者は？」

「はっきりしたことは分かりませんが、駕籠《かご》かきの他に六、七人の護衛がつくのではと噂されています。むろん、大隅や影蝶も護衛のなかにまぎれて、国許へむかうのではないでしょうか」

「そうか」

護衛の人数はそれほど多くはない、と唐十郎は思った。

それから圭江は着替えの間で稽古着に着替え、助造を相手に小太刀の稽古を始めた。

その様子を眺めていた唐十郎は、

――変わった動きをする。

と、思った。富多流より横の動きが多く、敵の攻撃をかわしてから敵の籠手を打ったり胸を突いたりする技が多かった。ほとんどが応じ技である。双源流小太刀の特徴なのかもしれない。

唐十郎は竹刀を手にして立ち上がった。双源流小太刀と打ち合ってみたかったのである。

「相手をしよう」

そういって、道場のなかほどに立つと、圭江は目をかがやかせて唐十郎の前に進み出た。助造は道場の隅に座して、ふたりに目をむけた。見取り稽古をするつもりらしい。

「小宮山流には、抜いてからの技もある。遠慮せずに、打ち込んでこい」

そういうと、唐十郎は青眼に構えをとった。

圭江は一礼し、いざ！　と甲高い声を上げて、小太刀を構えた。小太刀といっても、稽古用の一尺余の木刀である。

圭江は右手に持った小太刀を前に突き出すように構えた。小太刀の青眼である。目を鋭く見開き、唇をきつく結んでいる。ひきしまった色白の顔に、女とは思えぬ苛烈《かれつ》な雰囲気があった。

唐十郎は青眼に構えたまま気魄《きはく》で攻め、圭江が間を取ろうと左足を引いた瞬間をとらえて、面へ打ち込んだ。

瞬間、圭江は右に跳んで打ち込みをかわし、唐十郎の右籠手を打とうとしたが、わずかに遅れて唐十郎のみまった竹刀に左肩を打たれた。一瞬遅れて伸ばした籠手は、唐十郎の袖口をかすめただけである。

唐十郎は打つ瞬間、手の内をしぼって竹刀をとめているので、ほとんど痛みはないはずである。

「い、いま、一手！」

圭江は声を上げて、ふたたび対峙した。

唐十郎は左脇構えにとった。この構えから、居合の抜刀の呼吸で打ち込んでみようと思ったのである。

つ、つ、と唐十郎は、圭江との間をつめた。圭江は小太刀を青眼に構え、切っ先に気魄を込めて、唐十郎の寄り身をとめようとした。

かまわず、唐十郎は斬撃の間境《まざかい》に踏み込むと、鋭い気合を発しざま竹刀を打ち込んだ。

小宮山流居合、稲妻——。

上段から間合に入った敵の胴に、抜きつけの一刀を横一文字に払う技である。唐十郎は、この稲妻の呼吸と太刀捌きで、竹刀を打ち込んだのだ。

一瞬、圭江は背後に身を引いてかわそうとしたが、唐十郎の打ち込みが迅く、竹刀の先端に脇腹をとらえられた。

「ま、まいりました」

圭江は目をつり上げていった。顔がこわばり、悲壮な顔をしている。

「もうすこし、攻めたらどうだ。初めから受け身になっていては、刀身の長い刀には勝てぬ」

　それに、圭江の動きがかたい、と唐十郎は感じた。初めての相手で、萎縮《いしゅく》しているのかもしれないと思った。

「いま一手、ご指南を」

　圭江はふたたび小太刀を構えて対峙した。

　それから、半刻（一時間）ほど打ち合って、唐十郎は竹刀を引いた。圭江の息が荒くなり、足元がもつれてきたからである。

「ありがとうございました」

　圭江は深く頭を下げて、身を引いた。

　色白の肌が紅潮して朱に染まり、額や首筋に汗がひかっていた。圭江の眸が黒くひかっている。稽古を十分した満足感があるのかもしれない。

　——双源流小太刀には、特異な技はないようだ。

　と、唐十郎は感じた。

　横の動きと応じ技が多いように感じたが、特に他流と異なった動きや太刀捌きはないようだった。

　それから二日後、圭江が風呂敷包みをかかえて、母屋の方に姿を見せた。

「束脩《そくしゅう》の代わりにお納めください」

風呂敷包みを解くと、なかに縞柄《しまがら》の浴衣が入っていた。

「気にせずともよい。束脩をもらうような道場ではない」

「狩谷さまに、お召しいただきたいのです」

圭江は、萩原さまのために用意したものだが、お渡しすることができなくなったのです、と小声でいい添えた。そのとき、一瞬だが圭江の顔に戸惑うような表情が浮いた。

唐十郎は圭江の複雑な女心を覗いたような気がしたが、

「そうか」

といっただけで、それ以上口にしなかった。

その日、唐十郎は道場に足をむけなかったが、圭江は助造を相手に稽古をして帰ったようである。

7

「なんてえ、暑さだい」

弐平は吐き捨てるようにいった。そよという風もなかった。蒸すような暑熱が体をつつんでいる。

弐平は奥江藩下屋敷の木戸門の見える樹陰にいた。流れる汗を手ぬぐいでぬぐいながら、門の方へ目をむけている。弐平がこの場にひそむようになって三日目である。すでに、屋敷の近所で聞き込み、唐十郎が口にした熊のような巨漢の主、大隅益右衛門が屋敷内にいるらしいことはつかんでいた。

――どうして、出てこねえんだ。

弐平は腹立たしそうにつぶやいた。

跡を尾けたくとも、外に出てこないのではどうにもならない。中間や藩士などは度々出入りしていたが、肝心の大隅は門から出てこないのだ。

それから、一刻（二時間）ほど経った。まだ、大隅は姿を見せない。七ツ（午後四時）ごろだろうか。陽は西にかたむき、いくらか風が出て凌《しの》ぎやすくなっていた。

今日のところはあきらめて帰ろうか、と弐平が思い始めたときだった。門扉があいて、巨漢の武士が姿を見せた。熊のような大男である。

――やつだ！

弐平は直感した。

大男は深編み笠で顔を隠していた。供を連れずに、足早に武家屋敷のつづく通りを歩いていく。

――深編み笠なんぞかぶりゃァがって。顔は隠せても、その図体は隠せめえ。

弐平は暑さをまぎらわすために胸の内で毒突きながら、大男の跡を尾け始めた。

奥江藩下屋敷は、西本願寺《ほんがんじ》の西にあった。付近は武家地で通りの左右は、旗本の屋敷や大名の中屋敷などがつづいている。

大男は西本願寺の裏手を通って、町家のつづく通りへ入った。南小田原町《みなみおだわら》である。家並の先に夏の陽にかがやく海原が見えていた。江戸湊《みなと》である。白い帆をふくらませた大型廻船《かいせん》が見えた。風のなかに潮の匂《にお》いがする。

大男は表通りから、狭い路地へ入った。板塀のつづく路地を一町ほど行くと、生け垣をめぐらせた仕舞屋《しもたや》があり、男は枝折《しお》り戸を押してなかへ入っていった。

——ここが、熊の巣かい。

弐平は生け垣の陰に身を寄せて、なかをうかがった。

古い家だった。板庇《いたびさし》が朽ちて落ちかけていた。手入れのされていない庭は雑草でおおわれている。狐狸《こり》でも住んでいそうな荒屋である。

なかからくぐもったような男の声が聞こえた。何か話しているようだ。弐平は耳を澄ませたが、話の内容は聞き取れなかった。

周囲に目をやると、生け垣にもぐり込めそうな隙間があった。その先は庭だが、丈の高い雑草におおわれていて、姿を隠してくれそうだ。

弐平は生け垣の間からもぐり込み、音をたてないよう雑草のなかを這《は》って家の方へ近付いた。汗で濡れた顔に泥や草切れがついて、巣穴から這い出てきた貉のような顔をしていた。

る。

——七両だ。仕方がねえ。

弐平は胸の内でつぶやきながら、縁側の脇の戸袋の陰に身を寄せた。

男の声が聞こえてきた。いかにも巨漢がしゃべっているような重い胴間声《どうまごえ》である。

「あと、五日だ。こう暑くては、旅も難儀だな」

胴間声がいった。

「大隅氏《うじ》は、国許まで同行するのか」

細い乾いた声が訊いた。

「はねっ返りどもが、どうでるかだ。千住《せんじゅ》あたりで始末がつくといいがな」

「まったくだ。出羽まで、行く気にはなれん」

「これも出世のためか」

細い声がいった。

「われらには、小西さまについていくしかない。尊王攘夷も開国もどうでもいい。己の剣で身を立てるしか道はないのだ」

胴間声がいった。

「いかさま」

「ところで、奥平《おくひら》、酒はあるか」

「飲むか。肴《さかな》は味噌《みそ》ぐらいしかないぞ」

「かまわん。出してくれ」

人の立つ気配がして、かすかな足音がした。台所へ酒を取りにいったらしい。

すぐにもどってくる足音がし、瀬戸物の触れ合うような音がした。貧乏徳利の酒を茶碗にでもついでいるのだろう。

それからしばらく、ふたりは酒を飲みながら話していたが、岡場所の女のことや両国《りょうごく》広小路の見世物小屋のことなど、たわいもない話だけだった。

弐平は、また叢《くさむら》を這って生け垣の外へ出た。

「か、痒《かい》いな」

歩きながら、弐平は毛深い腕や顔をボリボリと掻《か》いた。腕の所々から血が出ている。蚊である。戸袋の脇に身をひそめていたとき、蚊にたかられたが、叩くこともできなかったのだ。

その日、陽が沈んでから、弐平が唐十郎の許に姿を見せた。弐平は縁先で茶碗酒を飲んでいた唐十郎を目にすると、

「旦那、ひでえ目に遭いましたぜ」

と苦々しい顔をしていった。

「どうした？」

「蚊でさァ。黙って蚊に食われてるのは、辛《つれ》えもんですぜ」

「わざわざ、蚊の話をしにきたわけではあるまい」

「旦那にも、あっしがどんなに苦労したか、分かっていただきたいと思いやしてね」

弐平は唐十郎の脇に腰を下ろした。

「何かつかんだようだな」

「へえ、なんとかね」

弐平は大隅を尾けたことから南小田原町の仕舞屋に入ったこと、なかから聞こえてきたふたりの話の内容などをかいつまんで伝えた。

「もうひとりの男の名は、奥平というのか」

唐十郎は、桑山か佐久間に訊けば正体が知れるだろうと思った。

「それじゃァ、あっしはこれで」

弐平は腰を上げげた。

「今度は、その仕舞屋を見張ってみてくれ」

唐十郎がそういうと、弐平は驚いたような顔をして振り返り、大袈裟に顔をしかめて泣き言をいった。

「旦那ァ、あそこへ張り込むのは地獄なんですぜ。わんわんと蚊がたかってくる。七両じゃァ、割に合わねえ」

「七両ではない。十両だ。それに、蚊に食われたのでは死なぬ」

「死ぬより辛え、拷問《せめ》でさァ」

「奥平の他に、仲間がいるはずだ。そいつを探ってくれ」

奥平が影蝶かどうかは分からぬが、他にも仲間がいるはずである。

「まったく、嫌な仕事を引き受けちまったぜ。……あと、五日の辛抱だ。五日経《た》ちゃァあいつらも、旅に出る。そうすりゃァ、あっしの仕事も終わりだ」

弐平はうなだれ、ぶつぶついいながら出ていった。

翌日、唐十郎は稽古に来た圭江に頼み、桑山に道場に来てもらった。弐平から聞いた話を伝え、奥平の名を出すと、

「奥平兼作《けんさく》ですよ」

と、驚いたような顔をしていった。圭江は桑山の後ろに端座したまま黙って話を聞いている。

「体軀は？」

「小柄で痩せています」

「剣の腕はどうだ」

「双源流の遣い手です。大隅も同じ双源流ですが」

「そいつだな。柳原通りで、おれたちを襲ったのは」

すでに、桑山にはそのときの様子を話してあったが、

「すると、奥平が影蝶！」

といって、驚いたように目を剝いた。圭江は表情をかたくしたが、何もいわなかった。

「うむ……」

はたして、奥平が影蝶なのか。弥次郎の話では、奇妙な剣を遣ったそうだが、特に首筋を狙ってくるようなことはなかったという。唐十郎は、いまひとつ腑に落ちなかった。

桑山によると、奥平は大隅と同じ徒士組で、江戸での住居は上屋敷の長屋のはずだという。南小田原町の仕舞屋は、別の藩士が町宿にしている借家ではないかということだった。

「いずれにしろ、大隅たちを討つ好機かもしれぬ」

唐十郎は、江戸を発つ前に大隅と奥平を斬ってもいいと思った。

翌日、唐十郎は弥次郎にもこのことを伝え、弐平とともに南小田原町へ出かけた。

仕舞屋は留守のようだった。しばらく、物陰にひそんで見張ったが、出入りする者はなかった。

付近の住人に聞いてみると、ちかごろ住んでいる様子はないが、ときどき数人の武士が出入りすることがあるという。

「小西の配下の者たちが、密会してるのかもしれませんよ」

弥次郎がいった。唐十郎も、そうだろうと思った。

それから二日、三人はつづけて見張ったが、仕舞屋の引き戸はしまったままで、だれも姿を見せなかった。

——気付かれたのかもしれぬ。

と、唐十郎は思った。それにしても、対応が早い。門閥派の者たちはこちらの動きをよくつかんでいるようだ。この分だと、植村の救出のため、護送の途中襲う計画も察知されているかもしれない。迂闊《うかつ》に仕掛けられぬ、と唐十郎は思った。

# 第三章　攻防

## 1

風音のなかに、かすかに叢《くさむら》を分ける音がした。

猫や犬ではない。近付いてくる人の足音である。唐十郎は居間に横になって目をとじていたが、身を起こしてかたわらの祐広を引き寄せた。だが、すぐに祐広から手が離れた。殺気がない。それに、聞き覚えのある足音だった。咲である。

すぐに、障子のむこうに淡い人影が映った。

「唐十郎さま、おいでですか」

咲の声が聞こえた。

「いま、そこへ行こう」

行灯《あんどん》の灯を入れてない座敷の闇は濃かった。外は月夜のはずである。月明かりの射す廊下で話そうと思ったのである。

咲は忍び装束だった。廊下の闇に忍び装束が溶け、月光の青白い仄《ほの》明かりのなかに咲の色白の顔だけが浮かび上がったように見えていた。逢瀬《おうせ》に来たのではない。咲の顔には伊賀者組頭らしいけわしさがあった。

「どうした？」

唐十郎は廊下に腰を下ろしながら訊いた。

「奥江藩内に、国許へ護送される植村どのを救出する計画があるようですが、唐十郎さまもくわわるおつもりですか」

「そのつもりだが、おれたちの目的は影蝶なる刺客を斬ることだ」

唐十郎は弥次郎と助造も同行することを話した。

「下屋敷に二度侵入し、小西たちの話を耳にしました」

「それで？」

どうやら、咲は盗聴した内容を知らせるためにきたらしい。

「出羽までの道筋は奥江藩の参勤と同じです。江戸を出てから奥州街道、七《しち》ケ宿《かしゆく》街道、羽州街道とたどって領内へ入るようです」

「おれは出羽まで行くつもりはない。宇都宮《うつのみや》あたりまでで、決着をつけるつもりだ」

それまでの間に仕掛ける機会はあるだろう、と唐十郎は思っていた。

「植村どのは駕籠で運ばれるようです。護衛の者は、腕に覚えの者が六、七人とのこと。大隅益右衛門もくわわるようです」

咲は抑揚のない声で話した。

「ほかに、護衛の者の名は分からぬか」

「密談のなかで、三人の名が出ました。奥平、千石《せんごく》、宇田川《うだがわ》です」

「うむ……」

奥平は分かった。千石と宇田川は初めて聞く名である。藩士であれば、桑山か佐久間に訊けば分かるだろう。

「それで、救出にあたる藩士は、何人ぐらいなのです」

咲が訊いた。気になるようだ。唐十郎のことを心配しているのかもしれない。

「おれたち三人の他に、七、八人くわわることになろう」

すでに、唐十郎は佐久間から押送の一行を襲撃するおよその人数を聞いていた。いずれも改革派の藩士で、腕のたつ者も何人かいるとのことだった。

「それなれば、安心でございます」

咲の顔がやわらいだ。この夜、初めて見せた女らしいやさしい顔である。

「だが、どうも気になる」

唐十郎は護衛の人数がすくなすぎる気がした。小西たちは改革派が一行を襲撃して植村を救出しようとしていることは知っているはずである。襲撃する者の人数も予想するだろう。大隅や奥平がくわわっているとはいえ、あまりにすくなすぎる。

唐十郎がそのことを咲に話すと、

「そういわれれば、すくない気がいたします」

といって、顔をくもらせた。

「ほかにも警護の者がいるのかもしれぬ」

一行からはずれ、旅人を装って警護についている者がいるかもしれない。

「探ってみましょう」

「そうしてくれ」

咲が口をつぐみ、唐十郎もいっとき庭の夜陰に目をむけていたが、

「ところで、伊勢守さまは奥江藩の騒動にどう決着をつけようとしているのだ」

と、訊いた。それによって、咲が敵にまわることもあるのだ。

「ただ、様子を探れとの命だけでございます。伊勢守さまは奥江藩に幕府と対立するような動きがなければ、成り行きにまかせるようです」

「そうか。いまのところ、咲が敵にまわることはないわけだな」

唐十郎がそういうと、咲は口元に笑みを浮かべて、

「そのようなことにはなりませぬ。……唐十郎さまに刃をむける前に、自分の胸に刃をむけましょう」

そういうと、咲は立ち上がり、一礼して庭先へ飛んだ。

すぐに、咲は闇のなかへ走りだし、叢を吹き抜ける一陣の風のような音を残して姿を消した。

翌日、唐十郎は桑山に会い、千石と宇田川のことを訊いた。

「千石寅之助《とらのすけ》と宇田川伊太夫《いだゆう》です。ふたりとも、小西の配下で、藩内では剣の達者として知られています」

千石と宇田川は江戸勤番として長く江戸に居住しており、ふたりとも北辰一刀流《ほくしんいっとう》の道場に通い、剣の腕を磨いたという。

「影蝶ではないようだな」

一刀流なら敵の首筋を横一文字に斬るような特異な剣は遣わないはずだった。

「それで、植村どのの救出にあたる味方の者は」

唐十郎が訊いた。

「佐久間さま以下八名でござる」

桑山は佐久間の他に自分と圭江、それに、馬場、稲葉《いなば》、牧野《まきの》、江藤《えとう》、宇津木《うつき》の名をあげた。馬場を除いた者は、萩原に手渡した数珠の珠に記された者たちである。

「護送する人数は、こちらよりすくないようだが、あなどらぬ方がいい。どんな、罠が仕掛けてあるか、分からぬ」

「心得てござる」

桑山はけわしい顔でいった。

2

その日、空は厚い雲におおわれていた。すでに、明け六ッ（午前六時）ちかかったが、払暁《ふつぎょう》前のように暗い。すこし風もあった。庭の樫《かし》の葉の揺れる音が道場内にも聞こえてくる。

唐十郎、弥次郎、助造の三人は道場内にいた。これから、植村の護衛についているであろう大隅や影蝶たちを斬るために、道場を出るところだった。

唐十郎と弥次郎は単衣に袴姿だった。足元を草鞋《わらじ》でかためて菅笠《すげがさ》を持っていたが、手甲《てっこう》脚半《きゃはん》はつけず、合羽《かっぱ》や打飼《うちがい》も持っていなかった。長旅をする気はなかったのである。ただ、助造だけは裁着袴《たっつけ》で、手甲脚半を身につけ、風呂敷包みを背負っていた。風呂敷包みのなかには旅に必要な品が、唐十郎や弥次郎の分までつめてあった。

「うっとうしい日に、なりそうです」

道場の外に出ると、弥次郎が空を見上げていった。

「いや、雨さえ落ちなければこの方がいい」

唐十郎は、夏の強い陽射しのなかを歩くよりは曇天の方がいいと思った。

通りへ出た三人は、御家人の小体《こてい》な屋敷のつづく御徒町《おかち》の路地を通って、千住街道へ出た。ここから奥州街道をたどるわけだが、千住、草加《そうか》、越ケ谷《こしや》、粕壁《かすかべ》……とつづく宇都宮までの十七宿は、日光街道と同じ道になる。

千住街道は人通りがあった。朝の早いぼてふり、出職の職人、旅人などが行き交い、街道の両側に並ぶ大店《おおだな》も表戸をあけていた。

「奥江藩の一行は、いないようですね」

助造が街道の前後に目をやりながらいった。

「先へ行ってるかもしれん」

桑山の連絡では、植村を護送する一行は暗いうちに下屋敷を出立するということだった。

どちらが先になるにしろ、千住宿の入口にある茶店に立ち寄り、あるじに言伝《ことづて》を頼むことにしてあった。言伝がなければ、まだ茶店まで来ていないということになる。

浅草の町並を抜けて山谷堀にかかる橋を渡ると、浅草鳥越町に入る。ここまで来ると、街道の人通りはぐっとすくなくなる。街道筋の家並もまばらになり、旅人や馬子の姿などが目立つようになってきた。

浅草山谷町に入ると街道の両側に田畑が多くなり、左手前方に小塚原の仕置場が見えてきた。その仕置場の先の中村町から千住宿ということになる。

「お師匠、あそこに茶店があります」

助造が前方を指差した。

見ると、路傍に長床几を出した茶店があり、数人の旅人が茶を飲み、脇で馬子が莨《たばこ》をくゆらせて一休みしていた。

「あの茶店のようだな」

店の脇に千住宿を示す道標があった。

三人が茶店に近付くと、長床几に腰を下ろしていた旅装束の武士が近付いてきて、狩谷どのでござろうか、と訊いた。

「狩谷だが、そこもとは」

「江藤八郎《はちろう》でござる。お待ちしておりました」

桑山から名を聞いていた仲間である。どうやら、奥江藩の一行は先にここを通ったらしい。

「歩きながら、話を聞こうか」

唐十郎たちは、茶店に立ち寄らなかった。店で話をするわけにはいかなかったし、それにまだ疲れもなかった。

「すでに、半刻（一時間）ほど前、植村さまを乗せた駕籠は千住宿を通りました」

江藤が歩きながら話した。

植村は唐丸《とうまる》駕籠に乗せられ、その駕籠にも厳重に縄がかけられていたという。駕籠の前後につごう六人の護衛がつき、大隅、奥平、千石、宇田川など、いずれも藩内では名の知れた手練《てだれ》だそうである。

一方、佐久間たち七人は、大隅たちの一行から数町離れ、武士、虚無僧《こむそう》、町人などに身を変えて跡を尾けていた。

「敵は六人だけか」

唐十郎は念を押すように訊いた。いかに手練とはいえ六人ではすくなすぎる。襲撃者を返り討ちにするための陣容とは思えない。

「はい、他には駕籠かきしかおりませんでした」

「うむ……」

唐十郎は他にもいるのではないかと思ったが口にしなかった。

「今夜の宿は越ヶ谷宿だそうです。明日は、栗橋《くりはし》辺りになるのではないかとみております」

日本橋から越ヶ谷まで六里の余。一日の旅程としては短いが、罪人を護送する駕籠をともない、初日でもあることから早目に草鞋《わらじ》を脱ぐことにしたのだろう。

「佐久間さまたちは大沢《おおさわ》町の吉田《よしだ》屋という旅籠《はたご》に宿をとることにしており、狩谷どののたちとそこで策を練りたいともうされていました」

江藤はすこし足を緩めて、唐十郎に顔をむけた。大沢町は越ヶ谷宿のなかの町である。

「承知した」

唐十郎が答えると、江藤は一礼し、

「拙者は先に行って、佐久間さまにお知らせします」

そういい残して、足早に唐十郎たちから離れていった。

吉田屋は、元荒川《もとあらかわ》にかかる大沢橋のたもとにあった。二階建ての大きな旅籠である。女中に部屋を頼んでからすすぎを使い、二階へ上がると、すでに佐久間たちは顔をそろえていた。一部屋借り切ったらしく、他の客はいなかった。総勢八人、圭江、桑山、馬場の姿もあった。

唐十郎たち三人が畳に腰を落ち着けると、顔の知らない藩士たちが、それぞれ名乗った。いずれも若く、顔がこわばっていたが、目は使命感に燃えるようにひかっていた。

佐久間が、あらためて護送者の陣容やいま大隅たち一行が越ヶ谷宿の奥江藩の本陣のちかくの旅籠に宿泊していることなどを話した後、

「明朝、出立した一行は、粕壁、杉戸《すぎと》、幸手《さって》とたどり、栗橋で宿をとると思われるが、どうするな。途中、寂しい街道もあるので、植村さまを助け出せないことはない」

と、一同に視線をまわしながら言った。

さすがに、参勤で行き来している街道だけに、佐久間たちは地理に明るいようだ。

「ですが、旅人や馬子などはおりましょう。それに、気がかりなことが……」

桑山が不安そうな顔をしていった。

「何が、気がかりなのだ」

「まだ、駕籠に乗っているのが、植村さまかどうか確認してないのです」

桑山によると、唐丸駕籠の上に茣蓙《ござ》がかけられ、その上から縄で縛ってあるという。

藩士のなかから、そういえば、お顔を見ていない、という声が漏れ、お互いが不安そうに顔を見合った。

唐十郎たち三人は、藩士たちのやり取りを黙って聞いていた。おそらく、下屋敷を駕籠に乗せられたままで出たため、だれも植村の顔を見ていないのだろう。

「別人ということはないと思うが、確認してからだな。桑山、馬場、ふたりで駕籠に乗っているのが、植村さまかどうか確認してくれ。明朝、宿を発つとき、あるいは途中の街道でも駕籠から出るときがあるかもしれん」

佐久間がふたりに指示した。

桑山は町人体、馬場は虚無僧《こむそう》に身を変えていた。佐久間は、ふたりなら駕籠に近付くことができると思ったようだ。

「承知しました」

桑山が答え、馬場もうなずいた。

「となると、明日、仕掛けるのは無理だな。何とか明日中に確認して、明後日ということにいたそうか」

佐久間は藩士たちにそういった後、唐十郎に顔をむけていった。

「狩谷どの、明日は栗橋宿の旅籠になると思うが、もう一度お会いできようか。そのおり、植村さまを助け出す場所と子細をつめとうござる」

「いいだろう」

唐十郎は脇に置いてあった祐広を手にして立ち上がった。

3

翌朝、唐十郎たち三人は、宿の女中から弁当用に頼んでおいたにぎり飯を受け取って吉田屋を出た。まだ、明け六ツ（午前六時）前だったが、すでに佐久間たちは出立したようだった。この時代、旅人の出立は早い。払暁のうちから宿を出る者もすくなくないのだ。

「よく晴れてますよ」

街道へ出た弥次郎がいった。

東の空が茜《あかね》色に染まっていた。宿場の家並が青さを増してきた空に、くっきりとその輪郭を浮かび上がらせている。

街道は賑《にぎ》わっていた。旅人、駄馬を引く馬子、客を乗せた駕籠などが、次の宿場である粕壁にむかって通り過ぎていく。

越ヶ谷宿を出てしばらく歩いたとき、唐十郎の背後から白い笈摺《おいずる》を着、菅笠をかぶった巡礼姿の女が足早に近付いてきた。

「唐十郎さま」

巡礼は菅笠を上げて顔を見せた。

咲である。咲はそのまま唐十郎の後に跟《つ》きながらいった。

「唐丸駕籠の一行は粕壁宿にむかっております。警護の者は六人」

「うむ……」

そのことは承知していた。

「ただ、その駕籠の前後に不審な者たちが、何人かおります」

咲によると、行商人、巡礼、旅装束の町人などに姿を変えて、唐丸駕籠の一行と付かず離れず、ついていくという。

「桑山たちであろうか」

唐十郎が桑山たちの装束や人相などを話すと、咲はちがうとはっきり口にした。

「となると、小西の手の者だな。……やはり、佐久間たちを討ち取るために大隅たちの他に警護をつけたようだ」

それも、佐久間たちに気付かれぬよう変装して警護に当たっているようである。

「人数は分かるか」

唐十郎が訊いた。

「いまのところ、はっきりそれと分かるのは、四人だけです。ただ、他にもいるかもしれませぬ」

「……………」

さまざまな身分の旅人が、街道を行き交っている。いかに咲でも、一行から離れて旅している者を、唐丸駕籠の一行とかかわりがあるかどうか看破するのは至難であろう。もうすこし人数は多いとみた方がいいようだ。

「唐十郎さまたちにも、目を配っている者がいるかもしれませぬ。ご油断なきよう」

「承知している。……咲、他に唐丸駕籠を尾けている者がいるかどうか、さらに探ってくれ」

「分かりました」

そういうと、咲は足を早め唐十郎たち三人を追い越していった。

「返り討ちに遭わなければいいのですが」

咲とのやり取りを聞いていた弥次郎が、つぶやくような声でいった。

その日、唐十郎たちは栗橋宿の黒崎《くろさき》屋という旅籠に草鞋を脱いだ。粕壁から栗橋まで八里の余。一日目の行程よりだいぶ歩いたことになる。ただ、この時代、途中見物などをしなければ、男の足で十里は歩いたのでそう急いだ旅でもなかった。

佐久間たちは、黒崎屋から一町ほど離れた大畑屋《おおはた》という旅籠に宿をとっていた。夕餉前に、桑山が唐十郎の許に顔を見せ、大畑屋へ来て欲しいと伝えた。

唐十郎たちはそのまま桑山に同行して大畑屋へむかい、佐久間たちの集まっている座敷に腰を下ろした。

佐久間は唐十郎たちの旅をねぎらった後、

「駕籠に乗せられているのは、植村さまであることがはっきりした」

といって、一同に視線をまわした。

今日の早朝、越ヶ谷宿で、桑山と馬場が駕籠に乗せられる植村の顔を確認したという。

「厠《かわや》にでも、連れていかれた帰りでしょう。ずいぶん、やつれたお姿でした」

桑山が震えを帯びた声でいった。

いっとき、座は重苦しい沈黙につつまれた。居合わせた一同のなかには涙ぐむ若い藩士の姿もあった。植村も改革派の藩士に敬愛されていたようである。

「ともかく、一日も早く植村さまを助け出さねばならぬ」

佐久間が声を強めていった。

「そこで、明日にも仕掛けたいのだが。……この宿場を出ると、すぐに利根川《とねがわ》があり、その前に関所を通らねばならない。襲うとすれば、宿場から関所までの間か、川を渡った先の中田宿でということになる」

佐久間がそういった後、唐十郎が口を挟んだ。

「駕籠を警護しているのは、大隅たち六人だけではないようだ」

「他にいるのですか」

桑山が驚いたようにいった。

「四人はいるようだが、はっきりしない」

唐十郎は咲から聞いたことをかいつまんで話した。

「敵は十人か……」

佐久間が虚空を見つめながらいった。

「もっと、多いと見た方がいい」

「うむ……」

佐久間はけわしい顔で口をつぐんだ。

いっとき、座は重苦しい雰囲気につつまれていたが、

「ですが、われらは総勢十一人です。狩谷さまや本間さまのような遣い手もおられる。やりましょう。いっときも早く、植村さまを助けねば、命があやういかもしれませぬ」

と、若い藩士が昂《たかぶ》った声でいい、馬場がつづいて、

「これから先も、味方の人数が増えるわけではありませぬ。ここでやるのも、先へ行って

やるのも同じことです」

と、身を乗り出していった。

「馬場のいうとおりだ。日を延ばしても状況が変わるわけではない。もとよりわれらは、命を捨ててここに来ている。……明日、植村さまを助け出そう」

佐久間が重いひびきのある声でいうと、居合わせた藩士たちは、眦《まなじり》を決してうなずいた。

唐十郎は黙っていた。かなり不利だという気がした。人数だけではない。ここに集まっている八人がどれだけの腕か知らぬが、敵は大隅をはじめそれぞれが家中で名の知れた遣い手なのである。ただ、馬場のいうとおり、日を延ばしても状況が変わらないことも確かだった。

佐久間が襲撃の場所について口にしたとき、

「利根川を渡った先の地形は」

と、唐十郎が訊いた。

「船着き場ちかくは砂と砂利の河原で、その先は中田宿になっています。中田宿を越えると田畑や雑木林などがつづき民家はあまりありません」

と、桑山が答えた。

「ならば、そこがいいだろう」

おそらく、大隅たちは唐丸駕籠を乗せるために旅人とは別の舟を使うだろう。渡し舟の都合で、駕籠のまわりの警護の者と他の者を分断できる可能性がある。そのことを唐十郎が話すと、

「わたしも、中田宿の先がいいと思う」

と、佐久間が同意した。

それで、襲撃地は決まった。佐久間たちは大隅たちより先に利根川を渡り、中田宿の先で待ち伏せできるよう明朝、払暁のうちに旅籠を出ることになった。

「断わっておくが、おれたちは駕籠には手を出さぬ。まず、大隅と奥平を斬るつもりだが、それ以上は手がまわらぬかもしれぬ」

と、唐十郎が念を押した。

「それで、結構でござる。われらは、駕籠の植村さまを助け出すため、左右から一気に駕籠に迫るつもりでおります」

佐久間が意を決したようにいった。

4

栗橋の関所は箱根のように厳重ではなく、男の場合手形はいらなかった。女は江戸から

出るときだけ手形が必要だったので、下流へまわり、猟師の舟を借りて渡った。

利根川の渡しには旅人を乗せる渡し舟の他に馬を乗せる馬船、荷を乗せる茶船があった。唐十郎たちは、佐久間たちとは別の渡し舟に乗って対岸の中田宿まで渡った。

中田宿は宿場といっても本陣や旅籠などはなく、ちいさな茶店と民家がまばらにつづいているだけの寂しい地だった。その中田宿を抜け、街道の左右が雑木林になっている場所で、唐十郎たちは佐久間たちと顔を合わせた。

「この辺りはどうです？」

佐久間が唐十郎に訊いた。

「いい場所だ」

寂しい場所で、ちかくに民家はなかった。それに、街道の左右の雑木林のなかに身をひそめることができる。左右から一気に飛び出して駕籠をかこみ、植村を救出した後、雑木林のなかに逃げ込むことも可能だった。

「身支度をしろ」

佐久間の指示で、藩士たちは刀の下げ緒で襷をかけたり、袴の股立《ももだち》を取ったり、鉢巻をしたり、それぞれ戦いの支度を始めた。

「われらの目的は、植村さまを助け出すことだ。ともかく、駕籠へ近寄り、縄を切って救出したら逃げるのだ」

佐久間が念を押すようにいった。藩士たちはいっせいにうなずいたが、気が昂っているらしく、顔がこわばり目がつり上がっていた。

身支度が終わると、桑山と馬場が斥候役として中田宿の方に走り、他の六人は三人ずつ左右の雑木林のなかに身をひそめた。

唐十郎たち三人も身支度をととのえると、佐久間たちよりすこし中田宿寄りの雑木林のなかに入り、灌木《かんぼく》の陰《かげ》に身を隠した。

「助造、敵との間合を取って、斬れると思ったときだけ、抜け」

唐十郎はかたわらにいる助造に指示した。

大隅と奥平以外の敵の腕のほどが分からなかった。気がはやり、闇雲に仕掛けると敵の餌食《えじき》になる。

「は、はい……」

助造が目を剝いていった。だいぶ、興奮している。身が固くなり、肩がつっ張ったようになっていた。これでは、居合の命である迅速な抜刀は無理である。

唐十郎は助造の背をたたき、助造、力足を踏んでみろ、と命じた。

力足は四股《しこ》である。強く地面を踏むことで気持ちを落ち着かせ、腰を沈めてどっしりと構えさせようとしたのである。

何度か、力足を踏むうちに助造の顔に朱がさし、体の固さがいくぶん取れてきた。

「それでいい」

唐十郎が笑いかけると、助造もほっとしたように白い歯を見せた。

朝日が雑木林のなかに射し込んでいた。野鳥と蟬《せみ》の鳴き声が聞こえる。暑かったが、緑陰のなかを渡ってきた風には涼気があった。

街道には、ちらほらと人影があった。ほとんど旅人と馬子などである。

「若先生、来たようです」

弥次郎が小声でいった。

街道の先に目をやると、斥候役の桑山と馬場が走ってくる。唐十郎は灌木の陰から出て、街道に近付いた。佐久間も樹陰から姿を見せた。

「来ます、植村さまを乗せた駕籠が！」

桑山が声を上げた。

「警護の者は」

佐久間が訊いた。

「大隅たち六人、それだけです」

他の者は、渡し舟の都合で遅れたのかもしれない。

「よし、手筈《てはず》どおり、植村さまをお助けするぞ」

佐久間はそういうと、すこし離れた場所にいた唐十郎にうなずいて見せた。

唐十郎もうなずき返し、弥次郎と助造のいる灌木の陰にもどった。

しばらくすると、街道の先に唐丸駕籠と警護の一行が見えてきた。先頭にいる巨漢の武士が大隅らしい。

「一行の前にいる三人、ただの旅人ではないぞ」

唐十郎は、一行の半町ほど前を歩く三人の男に目をとめた。風呂敷包みを背負い、脇差を差した行商人ふうの男がふたり、そのすぐ後ろに牢人体の男がひとりいた。三人とも菅笠をかぶっている。その三人の腰の据わりや身のこなしが、唐十郎の目に武芸の修行を積んだ者のように映ったのだ。

「あの三人、大隅たちの仲間のようです」

弥次郎がけわしい顔でいった。やはり、ただの旅人ではないと看破したようだ。

「前だけではない。後ろにもいる」

唐丸駕籠の後方にも、身装《みなり》は旅装束の町人だが、身のこなしから武士と思われる者が三人いた。

「つごう、十二人か」

咲は大隅たちの他に四人といっていたが、散らばっていたためふたり見逃したようである。おそらく、別々の舟で利根川を渡ったのだろうが、十二人がそろうのを待ってから、こちらへ向かったにちがいない。唐十郎たちが、敵を分断しようとした策ははずれたわけである。

十二対十一。人数も敵の方が多いことになる。

——だが、すこし間がある。

と、唐十郎は感じた。

後ろの三人は一行と十間ほどしか離れていなかったが、前の三人は半町ほども離れ、すぐにはもどれない距離だった。街道の両側から一気に駕籠に迫れば、助け出せないこともない。

——やるしかないだろう。

と、唐十郎は肚《はら》をかためた。

唐丸駕籠の一行がしだいに近付いてくる。駕籠かきはふたり。駕籠の前に大隅とふたりの武士。後ろには奥平らしい小柄な男とふたりの武士がついていた。

一行の前を歩く三人の男が、唐十郎たちの前を通り過ぎていった。そして、大隅たちが唐十郎たちの前にさしかかったとき、ふいに雑木林のなかで喊声《かんせい》が上がり、笹や枝葉を分ける激しい音がおこった。

街道の両側から佐久間たちが飛び出したのだ。

5

「敵襲！」

大隅たちが声を上げ、駕籠のまわりへ走った。

すぐに、唐十郎たちも雑木林から駆け出した。唐十郎はやや前屈みの姿勢で、まっすぐ大隅へ迫る。助造は唐十郎の背後につき、弥次郎は駕籠の後ろにいる奥平に走り寄った。

駕籠の前後にいた六人も慌てて駆け寄ってくる。喊声と怒号が林間の静寂をやぶり、白刃が朝日を反射《はね》てひかり、剣戟《けんげき》の音がひびいた。

「大隅、勝負！」

声を上げ、唐十郎は一気に大隅に迫った。虎足である。唐十郎は抜きつけの一刀で大隅を斃《たお》すつもりだった。

「こい！　狩谷」

大隅が胴田貫を八相に振りかぶった。間合に入った唐十郎を剛刀で薙ぎ払うつもりらしい。

イヤアッ！

抜刀の間合に入るや否や、唐十郎の腰元から閃光が疾った。抜きつけの一刀が弧を描いて、大隅の肩口へ袈裟に斬り下ろされた。一瞬遅れて、大隅の剛刀が刃唸《うな》りをたてて唐十郎の胴を襲う。

大隅の胴をとらえたはずの唐十郎の切っ先が、にぶい音をたてて跳ね返った。大隅の斬撃は唐十郎の腹部をかすめて流れた。

ふたりは交差し、間を取って反転した。

――着込みか！

大隅は着物の下に鎖《くさり》帷子《かたびら》を着込んでいた。唐十郎の切っ先が跳ね返ったのは、そのせいである。

「おれは、斬れぬ」

大隅はニヤリと嗤《わら》った。

「そうかな」

唐十郎は祐広を左脇構えにとった。この構えから抜刀の呼吸で、鬼哭の剣をふるうつもりだった。鬼哭の剣は敵の首筋を斬る。着込みも役に立たないはずだった。

大隅は八相に構えた。切っ先で天空を突くような大きな構えである。その顔にはふてぶてしい表情が浮いていた。抜刀すれば、居合の威力は半減すると読んでいるのだろう。

そのとき、弥次郎は三間ほどの遠間に立ったまま奥平と対峙していた。居合腰に沈めて抜刀の機をうかがっている。

一方、奥平は大小を持った両手を斜め上にひろげるように構えていた。以前立ち合ったときと同じ構えである。そのときは気がつかなかったが、右手の大刀は定寸よりも短く一尺八寸ほどである。おそらく片手で振りやすいように短くしてあるのだろう。

奥平は蝶が羽ばたくように大小二刀を頭上で交差させたり、ひらいたりしていた。

――これが、影蝶の剣なのか！

虚仮《こけ》威しだ、と弥次郎は感じた。奇妙な構えで目を奪われるが、気圧《けお》されるような威圧は感じなかった。

弥次郎はすこしずつ間をつめ始めた。霞斬《かすみぎり》を遣うつもりだった。霞斬は、飛び込みざま敵の脇腹から逆袈裟に斬り上げる技である。通常は薄闇や濃霧のなかで遣う。視界のとざされたなかで、身を低くして飛び込むため、一瞬、敵は相手の遣う逆袈裟の太刀を見失うのである。ただ、上段や八相に構えた敵も、下から逆袈裟に斬り上げてくる太刀はかわしづらいはずだった。弥次郎には、今度こそ、仕留められるという自信があった。

弥次郎が抜刀の間境に近付くと、奥平は後じさり左右に視線をはしらせた。周囲の戦闘に目をやったようだった。

弥次郎がさらに近付くと、また奥平は左右に目をむけながら後じさった。仕掛けてくる気配がない。

——こやつ、何かを待っている。

と、弥次郎は感じた。

かまわず、弥次郎は足裏をするようにして一気に間合をつめた。大きく後じさった奥平の腰が浮いた。その一瞬を、弥次郎がとらえた。

上体を折るように低くして飛び込み、鋭い気合を発しざま弥次郎が抜きつけた。

腰元から逆袈裟に閃光が疾る。

刹那《せつな》、奥平は身を引き、右手の刀を振り下ろした。

奥平の着物の腹部が裂け、露出した肌に血の線がはしった。同時に、奥平の切っ先が弥次郎の肩口をかすめた。

次の瞬間、ふたりは両脇へ跳ね飛んでいた。

「おのれ、本間！」

奥平の顔が憤怒にゆがんだ。

脇腹から血が流れていた。だが、命にかかわるような傷ではない。皮肉を浅く裂いただけである。一瞬、奥平が身を引いたため、弥次郎の斬撃が浅くなったのだ。

一方、助造は一行の背後から駆けつけた長身の男と対峙していた。身装《みなり》は町人体だったが、長脇差を青眼に構えた姿に隙がなかった。

「名を、名乗れ！」

助造は激しい声で誰何《すいか》した。

だが、男は無言だった。青眼に構えたままジリジリと間合をつめてくる。

助造はその威圧に押された。刀の柄に右手を添えたまま後じさり、抜刀の間合にも入れなかった。男もすぐに仕掛けてこなかった。助造が居合を遣うと知って、警戒しているようだ。

ふたりは向き合ったまま、すこしずつ駕籠から離れ、雑木林の方に動いた。


いっとき前、雑木林から駆け出した佐久間たち八人は、白刃をかざして一気に唐丸駕籠のそばに走り寄った。

「駕籠に近付けるな！」

長身の男が叫び、他の三人がすばやく駕籠の周囲を取りかこんだ。ふたりの駕籠かきも、逃げずに腰に差していた脇差を抜いて襲撃者の方に切っ先をむけた。

まず、駕籠の左右から喊声を上げてつっ込んだのは馬場と江藤だった。わずかに遅れた他の者は、ふたりの後ろにつく格好になった。

甲走った気合を発しながら遮二無二に斬りかかっていったふたりの斬撃を、駕籠の左右にいた武士がはじいた。馬場は脇へよろめき、江藤は後ろへはじき返された。

佐久間たち八人は必死の形相《ぎょうそう》で、駕籠の前に立っている男たちに切っ先をむけて近寄っていく。そこへ、一行の後方にいた三人が駆け付け、脇から佐久間たちに襲いかかった。

怒号、甲高い気合、刀身の触れ合う音、激しい足音……。辺りは騒然となった。白刃が乱れ、男たちが交差し、血飛沫が飛んだ。

江藤が絶叫を上げてよろめいた。敵のひとりに腹をえぐられ、臓腑《ぞうふ》が溢《あふ》れ出ていた。目尻が裂けるほど目を見開き、喚《わめ》き声を上げながらなおも刀を振りまわしている。

虚空に片耳が飛んだ。

牧野の耳だ。牧野の左の側頭部が髪ごと削《そ》げ、顔の半分が赤布を当てたように真っ赤に染まっている。牧野は喉の裂けるような悲鳴を上げて逃げ惑った。

敵も襲撃側の斬撃を受けていた。駕籠の脇にいた痩身《そうしん》の武士が、脇から突いてきた宇津木の刀身に腹をつらぬかれた。ふたりは体を密着させたままよろめき、転倒した。敵の腹から刀を引き抜いて起き上がろうとした宇津木の背へ、後ろから走り寄った千石が斬りつけた。背中を裂かれた宇津木はのけぞり、駕籠の方へよろめいた。

「駕籠だ！　駕籠の縄を切れ」

佐久間が絶叫した。

その声にはじかれたように、馬場や桑山が必死に斬り込む。その気魄に押されたのか、駕籠の脇にいた駕籠かきが脇へ逃れるように動いた。

桑山が駕籠にたどりつき、体ごと駕籠にかぶさるようにして幾重にもかけられた縄に刀身を押し当てて引き切った。

そのときだった。駕籠の反対側にいた宇田川が、

「死ね！　奸臣《かんしん》」

叫びざま、手にした刀身を駕籠のなかへ突き刺した。

低い呻き声が漏れ、駕籠が激しく揺れた。

「植村さま！」

桑山が悲痛な声を上げ、駕籠にかけられていた茣蓙《ござ》をはずした。目籠《めかご》に薦《こも》をかけ、さらにその上に網がかけられているため、なかが見えない。桑山は懸命に網と薦を切り裂き、目籠を破った。

破れた目籠の間からなかが見えた。猿轡《さるぐつわ》をかまされた植村がうなだれ、胸の辺りが真っ赤に染まっていた。宇田川に胸を突かれたらしい。

「植村さま！　植村さま！」

桑山はひき攣《つ》ったように名を呼びながら駕籠を揺すった。

だが、植村は黙ったままである。土気色をした顔は表情も動かさない。

## 6

「引け！」

佐久間が叫んだ。駕籠のなかの植村は宇田川に刺されて絶命したらしい、と見てとったのだ。

味方は不利だった。それぞれの剣の腕は敵の方が上である。長引けば長引くほど味方が敵の手に落ちるのは分かっていた。このままつづければ、全員討ち死にしてしまう。

「引け！　植村さまは敵の手に落ちた」

そう叫んで、佐久間は反転した。そばにいた桑山と馬場も駆けだした。

牧野が顔を真っ赤に染めたままよろめきながら、雑木林の方へ逃れようとした。そこへ、宇田川が走り寄り、後ろから斬りつけた。袈裟に斬り下ろした刀身が牧野の首に入り、首が横にかしいだ。次の瞬間、牧野の首根から血が噴き上がり、腰からくずれるように倒れた。地面につっ伏したまま動かない。即死である。

この間に、佐久間たちは雑木林のなかへ逃げ込んだ。

そのとき、唐十郎は大隅と対峙していた。佐久間たちが逃げるのを目にし、後じさりながら、

「弥次郎、助造、引け！」

と声を上げ、さらに後じさってきびすを返した。こなかった。

弥次郎と助造も身を引いて間合を取ると、雑木林の方へ駆けだした。大隅たちは追ってこなかった。

それから一刻（二時間）の余が経った。

唐十郎たちは寺の境内にいた。中田宿のはずれから小径を一町ほど入った利根川沿いにある光了寺《こうりようじ》という古刹《こさつ》である。植村を救出した後、ここで落ち合うことにしてあったのだ。唐十郎たちの他に人影はなく、杉や樫《かし》などの鬱蒼《うつそう》とした杜《もり》の境内は耳を聾《ろう》するような蟬の鳴き声につつまれていた。

「逃れられたのは、これだけか」

佐久間は蒼ざめた顔をゆがめ、声を震わせていった。

唐十郎たち三人を除き、奥江藩士で逃れてきたのは、佐久間、桑山、馬場の三人だけである。稲葉、牧野、江藤、宇津木、圭江の五人がもどってこなかった。

「む、無念だ……」

佐久間は地面にがっくりと膝をついて膝の上で拳《こぶし》を握りしめた。ワナワナと両肩が震えている。無念と屈辱の入り交じった激情が胸に衝《つ》き上げてきたらしい。

不様な結果だった。まんまと敵の罠に嵌《は》まり、多大な犠牲を払ったにもかかわらず、植村は敵の手で突き殺されてしまったのだ。

植村は、佐久間たち改革派をおびき寄せる囮《おとり》だったにちがいない。改革派の藩士を斬れるだけ斬って、救出される前に植村を斬殺する計画だったのだろう。だからこそ、躊躇《ちゅうちょ》なく、宇田川は駕籠のなかの植村を突き殺したのだ。

馬場と桑山も、その場につっ立ったまま衝き上げてくる嗚咽《おえつ》に耐えていた。

いっときして、佐久間たち三人の激情が収まってきたのを見て、

「圭江どのも、敵の手に落ちたのか」

唐十郎が声を落として訊いた。

そばに立っている弥次郎と助造も、悲痛な顔をしていた。短い期間だがともに稽古をした門弟として、圭江の死は衝撃が大きかったようだ。

「いや、稲葉と圭江どのは、後方にいたような気がする。斬られたところを見ていない」

桑山が顔を上げてそういうと、

「拙者も見ていない」

と、馬場もいった。

「しばらく、待ちましょう。ふたりはもどってくるかもしれません」

気を取り直して桑山がいった。

だが、圭江と稲葉はもどってこなかった。唐十郎たちは境内に二刻（四時間）ほどいた

が、あきらめて寺を出た。

　圭江と稲葉の消息が知れたのは、唐十郎たちが江戸にもどって三日後だった。桑山と馬場が、人目を忍ぶようにして松永町の道場に姿を見せた。ふたりとも牢人体で深編み笠で顔を隠していた。

　道場に居合わせた唐十郎、助造、弥次郎の三人が、ふたりから話を聞くため座ると、

「圭江どのは、敵の手に捕らえられているようです」

と、桑山が苦渋の顔をして話を切り出した。

　桑山によると、奥江藩の下屋敷に住む藩士が、大隅たちが圭江らしい女を連行してくるのを見たという。

「罪人として、牢屋にでも入れられているのか」

　唐十郎が訊いた。

「どこにいるか、分かりません」

「分からない？　下屋敷ではないのか」

「それが、上屋敷と下屋敷にはいないようなのです」

　桑山の脇に座していた馬場がいった。圭江は下屋敷に連行された後、ひそかに屋敷から連れ出され、いまはどこに押し込められているか分からないという。

「それで、稲葉は？」

「やはり、植村さまを救出しようとしたおり、斬られたようです」

中田宿の先で戦闘のあった翌日、死者の始末のため何人もの藩士が現場に出かけたという。奥江藩としては、家中の騒動を秘匿《ひとく》し内済に処理するために早急に死体を始末したかったようだ。命を失った味方は稲葉、牧野、江藤、宇津木の四人、敵は添田《そえだ》という藩士ひとりだけだという。藩士たちは、大隅たちの手で雑木林のなかに運び込まれていた死体を付近の寺に運びひそかに埋葬したそうである。

「現場へ出かけた藩士から聞いたのですが、稲葉は首を斬られて死んでいたというのです」

そういって、桑山が唐十郎を見つめた。

「なに、首を」

「はい、喉を横一文字にえぐられていたとか」

「影蝶か！」

「いままで、影蝶の手にかかった者と同じような傷です」

「うむ……」

となると、あの場にいた敵勢十二人のなかに、影蝶はひそんでいたことになる。大隅や殺された添田という男ではないようだが、だれなのか見当もつかない。

唐十郎は、ふいに冷たい大気に体をつつまれたような感覚をもった。まったく正体の知れない影蝶に不気味なものを感じたのだ。

つづいて話す者がいなかった。澱《よど》んだ空気のなかで、五人は重い沈黙につつまれていた。

「なんとか、圭江どのを助けたい」

助造が思いつめたような顔でいった。助造にすれば、ともに稽古をしてきた門弟同士である。しかも、兄弟子という気持ちもあるのかもしれない。

「われらも、同じ気持ちですが、その監禁場所をつかむのも容易ではござらぬ」

桑山によると、植村の救出のため護送の一行を襲った後、佐久間と馬場は藩邸内にもどらず、市井に身をひそめてそのまま脱藩したような格好になった。理由は大隅たち門閥派の凶刃と藩の追及から逃れるためだという。

「それというのも、藩邸内にもどった大隅たちは、護送の一行を襲った佐久間たちの手で植村さまは殺されたといいつのったからです。おそらく、初めからそう主張するつもりで、植村さまを殺害したのでしょう」

桑山は無念そうに視線を落としていった。

「圭江どのを拉致し、監禁しているのも、われらをおびき寄せる囮かもしれんな」

唐十郎がいった。その場で斬らずにわざわざ連れもどしたのは、植村と同じように改革派の藩士をおびき寄せ斬殺するためではないかと、唐十郎は思ったのだ。

桑山と馬場の顔に、ハッとした表情が浮いた。唐十郎の謂《いい》に、小西たちの狡猾《こうかつ》な策謀に気付いたようである。

「それでも、圭江どのは助け出さねばならぬ」

唐十郎は、奥江藩士としてではなく狩谷道場の門弟として、圭江を救出するつもりだった。弥次郎と助造も、けわしい顔でうなずいた。

# 第四章　罠《わな》

# 1

「親爺《おやじ》、酒と煮染《にしめ》を頼まァ」

弐平は注文をとりにきた初老の親爺にいった。

弐平がいるのは、奥江藩下屋敷の近くにある樽政《たるまさ》という一膳《いちぜん》めし屋だった。近くといっても、下屋敷のある武家地からだいぶ離れた木挽町《こびきちょう》である。

――まったく人使いの荒い旦那だぜ。熊野郎の次は女だとよ。

弐平は飯台の腰掛けに腰を下ろしたまま独りごちた。

一昨日、唐十郎が亀屋に姿を見せ、中田宿の先で大隅たちの手で連れ去られた圭江の居所をつきとめてくれと頼まれたのだ。

「旦那ァ、無理でさァ。相手はお大名ですぜ。そのお屋敷から連れ出された女の行き先をつきとめろ、といわれたって、ご家来から話を聞くこともできねえ」

そういって、断わったのだが、

「つきとめれば、十両だす」

といわれて、その気になってしまったのだ。それというのも、女房のお松に弁慶格子《べんけいごうし》の反物《たんもの》をねだられていて、十両あれば買ってやれる、と思ったからである。

「お待ち」

親爺が、銚子と小鉢を運んできた。小鉢には肴の煮染が入っていた。大根とこんにゃく、それに刻んだ油揚とで煮染めてある。

猪口に酒をつぎ、チビチビやりながら弐平は店のなかに視線をやった。広い店で、飯台を並べた土間のつづきに衝立《ついたて》で間仕切をした追込みの座敷もあった。客筋は、職人、店者、ぼてふりなど様々である。いまも、飯台に大工がふたり、行商人らしい男がひとり、めしを食っていた。追込みの座敷でも店者らしい男やぼてふりが、めしを食ったり酒を飲んだりしている。

ただ、弐平の目当ての中間《ちゅうげん》と駕籠かきふうの男の姿はなかった。弐平は下屋敷近くをまわり、樽政に下屋敷で奉公している中間や駕籠かきなどが出入りすると聞き込んで来ていたのだ。藩士には訊けないが、屋敷に奉公している中間や駕籠かきなら話が聞けると弐平は踏んだのである。

弐平が樽政に腰を落ち着けて、半刻（一時間）ほどすると、縄暖簾をかき分けて御仕着せの法被《はっぴ》姿の中間が、ふたり入ってきた。

ふたりは、弐平のいる飯台からひとつ置いた奥の飯台に腰を下ろし、注文をとりにきた小女に、からかいながら酒と肴を注文した。ふたりは渡り中間のようだったが、まだ、奥江藩下屋敷で奉公しているかどうかは分からない。

いっとき、弐平が酒を飲みながらふたりのやり取りに耳をかたむけていると、ふたりの名が知れた。背の高いひょろっとした男が熊次《くまじ》、ずんぐりした男が庄吉《しようきち》だった。

ふたりは声をひそめて、旗本屋敷での博奕《ばくち》の話をしていたが、そのうち自分たちの奉公先の悪口を言い出した。なかなかふたりの奉公先が分からなかったが、熊次が、ご家老の小西さまは、と口にしたので、やっと分かった。やはり、奥江藩の下屋敷に奉公している中間だった。

弐平は立ち上がり、酔ったふりして、ふたりの飯台の方に近付いた。

「こ、こりゃァ、熊次の兄《あに》いじゃァござんせんか」

弐平がなつかしそうに声を上げた。

「だれでえ、おめえは」

熊次が訝《いぶか》しそうな顔をむけた。

「兄い、お忘れですか。達吉《たつきち》ですよ、達吉」

弐平は、咄嗟《とつさ》に頭に浮かんだ偽名を使った。

「達吉だと……」

熊次は目を剝いて、まじまじと弐平の顔を見た。

「ほら、中間部屋で、こっちの方でごいっしょさせてもらったでしょう」

弐平は壺《つぼ》を振る真似をして見せた。賭場《とば》でいっしょになったと思わせようとしたのである。

「そんなことがあったかな。そういえば、見たことがあるような気がしねえでもねえ」

「やっと、思い出してもらいやしたか。兄いにゃァ、ずいぶん世話になった。……おい、姐《ねえ》ちゃん、ここに、酒と肴を頼まァ」

弐平は通りかかった小女に声をかけた。

熊次と庄吉の顔には腹立たしそうな表情が浮いたが、

「あっしのおごりで」

弐平がそういうと、すぐに表情をやわらげた。

「ところで、兄い、大名屋敷での奉公はどうですかい。あっしみてえに、小旗本《こっぱたもと》の奉公とちがって、実入りも多いんでしょう」

弐平は自分が旗本に中間奉公をしていることを臭わせて訊いた。

「だめだめ、吝《しわ》くてなァ。それに、ちかごろ、もめてやがってよ」

熊次が急に声をひそめた。

「そういやァ、ご家来衆が唐丸駕籠を担ぎ込んだって話を聞きましたぜ」

弐平は、唐十郎から捕らえられた圭江は中田宿の先からいったん下屋敷に運ばれたようだと聞いていた。縄をかけた女を京橋の下屋敷まで連れてくれれば、市中に噂がたつ。運び込んだとすれば駕籠だが、植村が死に唐丸駕籠は空になったはずなので、それで運んだにちげえねえ、と見当をつけたのである。

「ありゃァな、ご家老さまに逆らってた家来のひとりを、出羽まで連れていく駕籠だったんだ。それが、途中で襲われて殺されちまってよ。もどってきた駕籠は空のはずだが、なかに若《わけ》え女が入《へえ》ってたってことだ」

弐平の思ったとおりだった。圭江は植村を運んだ唐丸駕籠で下屋敷に運び込まれたのである。

「若え女だと。狐《きつね》でも化けたんですかい」

弐平はとぼけて訊いた。

「狐じゃァねえ。女は唐丸駕籠を襲った一味だそうだ。そいつをとっつかまえたので、連れてきたってことらしいや」

「女が襲ったんですかい」

弐平は驚いたように目を剝いて訊いた。

そこへ、さっきの小女が酒と肴を運んできた。すぐに、弐平はふたりに酒をついでやり、うまそうに飲み干すのを見てから、

「その女、まだ、屋敷内に捕らえられてるんですかい？」

と、目をひからせて訊いた。すでに下屋敷から連れ出されたことも聞いていたが、弐平はその先が知りたかったのである。

「それが、屋敷にはいねえんだ」

「いねえ？　逃げられちまったんで」

「そうじゃァねえ。どこかへ連れていかれたらしい」

「連れてったって、また、出羽ですかい」

「出羽じゃァねえ。駕籠かきが高輪《たかなわ》だと話してるのを耳にしたが……」

熊次が語尾を濁した。くわしいことは知らないらしい。

「高輪ねえ」

弐平はそれだけ分かれば、何とかつきとめられるだろうと思った。

それから半刻（一時間）ほど話し、親爺に熊次たちに出してやった酒肴の勘定も払って樽政を出た。

翌朝、弐平は女房のお松に弁当にするにぎり飯を作ってもらって高輪へむかった。高輪まではかなりある。途中、にぎり飯で腹ごしらえをするつもりだったのだ。

高輪に着くと、まず、東海道筋の茶店や料理屋などで、近くに奥江藩の屋敷があるかどうか訊いてみた。すると、南町の江戸湊の海岸沿いに奥江藩の屋敷があることが分かった。ただ、藩邸と呼ぶような大層な屋敷ではないという。

教えてもらった場所に行って見ると、なるほど土塀をめぐらせた古い屋敷で、大名屋敷というより富商の隠居所か旗本の別邸といった感じがした。ただ、敷地はひろく海を見晴らすことのできる眺望のいい場所に建てられていた。海岸には専用の桟橋もあったし、敷地内には土蔵もあった。

敷地内はひっそりとしていた。大勢人がいるような気配はない。

近所の住人に、それとなく訊いてみると、奥江藩の藩主の叔父にあたる人物が療養のために住んでいた屋敷だという。すでに、叔父は二十年ほど前に亡くなり、その後は敷地内に土蔵を建てて、藩の貯蔵庫に使っていたこともあるそうである。専用の桟橋や土蔵はそのとき造られたものらしい。いまは、屋敷を管理する者が住んでいるだけで、あまり藩士もよりつかないという。

——ここだな。

と、弐平は直感した。咎人《とがにん》をひそかに吟味したり、監禁したりしておくにはもってこいの場所だった。

弐平はさらに近所で聞き込んでみたが、唐丸駕籠が屋敷内に入ったのを目撃した者はいなかった。ただ、三日前、注文を受けて屋敷に酒をとどけたという酒屋の主人が、

「そういえば、裏手で女の声がしました」

と、口にした。屋敷内に女はいないと聞いていたので、不思議な気がしたというのだ。

弐平は、それで圭江の探索を打ち切った。

2

「旦那、そういうわけでしてね。高輪の屋敷に捕らえられてることたァ、まず、まちげえねえ」

弐平は昨日調べたことを唐十郎に話した後、そういい添えた。

唐十郎は母屋の縁先に腰を下ろして、弐平の話を聞いていた。

「そこらしいな」

唐十郎も、圭江は高輪の屋敷に監禁されているのだろうと思った。ただ、弐平は圭江がそこに捕らえられていることを確認したわけではなかった。それに、唐十郎には気になることもあった。当然、屋敷内では改革派が圭江を救出にくるのを返り討ちにするため、大隅以下門閥派の藩士が手ぐすね引いて待っているはずだが、弐平の話にはそれらしい様子がなかったのである。

「ヘッヘヘ……。それじゃァ旦那、お約束の七両を」

弐平は目尻を下げて唐十郎の前に毛深い手を出した。

手付け金として三両渡してあったが、残りは圭江の居所が知れてからということになっていたのだ。

「まだだ」

「あっしの仕事は終わりやしたぜ」

弐平は不服そうな顔をした。

「まだ、その屋敷に圭江どのがいるかどうか、はっきりしない。顔を見たわけではないだろう」

「そりゃァそうですが、まず、まちげえねえ。いなかったら、十両、耳をそろえてお返ししやすぜ」

弐平は語気を強くしていった。めずらしく強気である。それだけ、自信があるのだろう。

「分かった。ともかく、明日おれと付き合え」

「何をするんで？」

「その屋敷を見せてもらってから、残金を渡そう」

「いいでしょう。屋敷を見りゃァ、あっしの調べが確かなことは分かるはずで」

弐平は、それじゃァ、明朝、といい残し、雑草の茂った庭を跳ねるような足取りで出ていった。

翌朝、唐十郎は弐平と連れ立って高輪にむかった。暑い日だった。曇天だったが風がなく、蒸すような暑熱が東海道筋をおおっていた。旅人や通行人は流れる汗を拭きながら、うんざりした顔で通り過ぎていく。それでも、高輪ちかくの江戸湊沿いまで来ると、潮風があり、いくらか凌《しの》ぎやすくなった。

「旦那、あの屋敷で」

弐平が指差した。

なるほど、人目を忍んで咎人を監禁しておくにはいい場所だった。屋敷は高い土塀でかこまれ、通りに面した木戸門はぴったりととじられている。屋敷に侵入するのは、簡単ではないだろう。

周辺は大名の中屋敷や大身の旗本の別邸らしき屋敷が間隔を置いて建っているだけで、通りは人影もなくひっそりしていた。前方は江戸湊で、場合によっては舟を使って咎人を移送することもできそうである。

唐十郎は弐平といっしょに屋敷の周囲をまわってみた。海岸に面して庭があり、専用の桟橋のそばから小径をたどって庭へ入れるようになっていた。敷地内はひっそりとして人声も物音も聞こえてこなかった。

「空屋敷ではないだろうな」

「それはねえ。なにせ、五日前に、酒屋が酒を運びこんだといってやしたからね。そんとき、裏手で女の声も聞こえたそうで」

裏手というのは、土蔵のある方である。

唐十郎たちは土塀沿いに土蔵の方にもまわってみたが、特に不審な点はなかった。人声も聞こえなかった。ただ、土塀は高く、鉄格子の入った窓と屋根が見えるだけで、出入り口を目にすることはできなかった。土蔵に近付くには裏門をあけるか、土塀を越えるか、それとも海岸に面した庭の方からまわるかである。

唐十郎は土蔵を見ることをあきらめ、表通りの方へもどった。

「その酒屋というのは近いのか」

唐十郎は主人から直接訊いてみたいことがあった。

「近《ちけ》えといっても、十町ほどはありまさァ」

「行ってみよう」

十町なら、それほどの距離ではない。

酒屋は東海道沿いにあった。主人は愛想がよかった。弐平が話を聞き出すとき、袖の下を使ったからであろう。

「あるじ、おれからも訊きたいことがあるのだがな」

唐十郎も、一分銀をひとつ主人に握らせてやってから話を切り出した。

「なんでございましょうか」

主人は満面に笑みをたたえ、揉《も》み手をしながらいった。

「奥江藩の屋敷に酒をとどけたそうだが、頼みにきたのは？」

「田崎《たざき》さまでございます」

田崎というのは、長年屋敷に住み込んで管理している初老の家臣で、ときどき酒の注文に来るので顔馴染みだという。

「酒をとどけたとき、女の声が聞こえたそうだが、何を話していたのだ」

「それが、くぐもったようなちいさな声が聞こえただけで、話の内容までは分かりませんでした」

「屋敷には、田崎という家臣の他にだれもいなかったのか」

「おりました。田崎さまのお話だと、五人ほど屋敷に寝泊まりしていて、酒はその方たちのためだそうです。台所に酒を運び入れたとき、奥座敷の方で談笑してる何人かの声が聞こえました」

「そうか」

大隅たちにちがいない、と唐十郎は思った。五人の腕利きが寝泊まりして、改革派の者たちが救出に来るのを待っているのだろう。

自藩の屋敷に圭江を監禁したのも、そのためかもしれない。長年江戸に住んだ藩士なら、高輪にある屋敷のことは知っているはずで、いずれその屋敷に圭江が監禁されていることに気付き救出に来るだろうと踏んでいるにちがいない。

「どうです、旦那？」

酒屋を出ると、弐平が唐十郎の顔を見上げながら訊いた。

「まちがいないようだ。……手を出せ」

「へい」

弐平はニンマリとした。

その手に、唐十郎は七両握らせてやった。

翌日、唐十郎は本所緑町にある空屋敷へ出かけた。そこは伊賀者明屋敷番が管理している屋敷で、咲へ連絡する場所でもあった。屋敷に咲はいなかったので、姿を見せた伊賀者に言伝を頼んだ。

その日の夜、咲は唐十郎の許に姿を見せた。

「咲、頼みがある」

唐十郎は高輪の奥江藩の藩邸内を探って欲しいと頼んだ。咲は忍者である。屋敷内の探索の腕は並外れていた。

「何かありましたか」

咲は圭江がそこに監禁されているらしいことは知らないようだ。

「大隅たちが集まっているようなのだ」

唐十郎は圭江の名を出さなかった。まずは、藩邸内の様子を探ってもらいたいと思ったのだ。

「承知しました」

「無理はするな、屋敷内にいる人数だけでよい」

と、唐十郎は念を押した。

屋敷内には、大隅と奥平がいるはずである。それに、正体の知れぬ影蝶がいる可能性もある。敵に気付かれれば、咲が腕のいい忍者とはいえ、あやういかもしれないと唐十郎は思ったのである。

三日後の夜、咲がふたたび姿を見せた。

「屋敷内には、奥江藩の藩士が七人おりました。そのなかに管理している初老の藩士がひとり、藩士とは別に下働きの老爺《ろうや》がひとりおります」

咲によると、七人のなかに大隅もいて、管理している藩士を除いていずれも手練に見えたという。

唐十郎が予想したより、敵は多かった。大勢で侵入してきた場合に備えて、大隅をはじめ腕のいい藩士を五人も集めていた。

「女の姿はなかったか」

唐十郎が訊いた。

「屋敷内に女はおりませんでした。ただ、藩士のひとりが、土蔵内に人がいるようなことを口にしておりました。それに、土蔵の前に見張り役がひとりおりましたので、そこではないかと」

咲は、唐十郎が道場に通っていた圭江を助け出そうとしていることを知っていた。唐十郎は圭江の名は口にしなかったが、高輪の屋敷内に圭江が監禁されていることに気付いたのかもしれない。

「土蔵か……」

唐十郎は虚空を見つめてつぶやいた。

「咲も、助勢いたしましょうか」

「いや、いい。これは、奥江藩の家中のことだ」

唐十郎はそういったが、自分たちの手で圭江を助け出すつもりでいた。奥江藩の者としてではなく、門弟として救出するつもりだったからである。それに、奥州街道沿いでの襲撃の失敗もあった。敵は手練をそろえている。屋敷内に侵入して敵とやりあえば、腕のいい忍者でも命を落としかねないのだ。唐十郎の頭には、咲の父親の相良甲蔵のこともあった。相良は優れた忍者でありながら屋敷内の戦いで命を落としたのである。

唐十郎は口には出さなかったが、咲を相良と同じような目に遭わせたくなかったのである。

3

道場に、唐十郎、弥次郎、助造の三人が顔をそろえていた。板戸は開け放たれ、涼しい風が流れ込んできていた。暮れ六ツ（午後六時）過ぎで、道場内に忍び込んだ夕闇が三人をつつみ始めている。

「屋敷内にいるのはつごう八人だが、敵は六人とみていい」

唐十郎は管理人と下働きの老爺は、戦力にならないだろうとみていた。

「この三人で、押し入りますか」

弥次郎がいった。

「無理だな」

影蝶がいなかったとしても、六人のなかに大隅と奥平がいるとみなければならない。唐十郎と弥次郎が、ふたりを相手にするとしても、四人の敵に対して助造ひとりではどうにもならない。大隅と奥平を斃《たお》すのにてこずれば、奥州街道での襲撃の二の舞いになる。それに、屋敷内にどんな罠が仕掛けてあるか分からないのである。

「お師匠、寝ている隙に忍び込み、裏手にまわって土蔵から助け出すことはできないでしょうか」

助造が唐十郎を見つめていった。

「土蔵の前に見張りがいるようだ。おそらく、寝ずの番をしておろう。侵入者が来れば、屋敷内にいる大隅たちに連絡する手段がこうじてあるはずだ」

当然、大隅たちは、改革派の藩士が夜陰にまぎれて救出にくることを想定して策を練っているはずである。

「だめか」

助造はがっかりしたように視線を落とした。

「桑山どのたちの手を借りよう」

唐十郎は、桑山たちはあまり戦力にならないとみていた。奥州街道での襲撃を見て、剣の腕もたいしたことはなく、斬り合いの経験もないことが分かったからである。ただ、斬り合いにくわわらず、敵を引き寄せて分断するだけでもいい、と唐十郎は考えたのだ。

翌日、助造が赤坂に行き桑山と連絡を取った。澄林寺の住職に頼めば、桑山に通じることになっていたのである。

道場に顔を見せた桑山は、唐十郎から話を聞くとすぐに、圭江の救出にくわわりたいといった。桑山には、圭江に対し同じ改革派として戦ってきた同志としての思いがあるようである。さらに、三人の同志も行動を共にするだろうともいった。三人の同志とは、馬場、佐久間、それに奥州街道での襲撃にはくわわらなかったが、改革派の三木常蔵《みきつねぞう》という若い藩士だという。

「味方は、つごう七人か」

唐十郎たち三人にくわえて、奥江藩士が四人ということになる。人数の上ではほぼ互角である。だが、斬り合いになったらこの前のように大勢の犠牲者が出るだろう。

「目的は、圭江どのを助け出すことだ。できるだけ、斬り合いは避けよう」

圭江が監禁されているのは土蔵と分かっていた。屋敷内ではない。大隅たちと斬り合わずに、裏手の土蔵にまわって助け出すこともできるだろう、と唐十郎は踏んだのだ。

「策を用いよう」

唐十郎は、思いついた策を桑山に耳打ちした。

「それなれば、われらが敵の手に落ちることもないでしょう」

桑山が顔をやわらげてうなずいた。

高輪の藩邸に押し入るのは、明日の未明ということにした。桑山はすぐに佐久間たちに連絡を取るといって、道場を出ていった。

その日、唐十郎、弥次郎、助造の三人は、陽が西にかたむくと道場を出て高輪にむかった。三人は高輪の東海道沿いにあった一膳めし屋で腹ごしらえをした後、桑山たちと落ち合う約束になっていた福明寺《ふくみょうじ》という寺に足を運んだ。

福明寺は藩邸から半里ほどの東海道沿いにあり、高輪の地理に暗い者でもすぐ分かる場所だったので、そこにしたのである。

すでに、四ッ半（午後十一時）を過ぎていた。十六夜《いざよい》の月が皓々《こうこう》とかがやいている。静かだった。福明寺の山門につづく通りは夜の帳《とばり》に沈み、路傍で鳴く虫の声がすだくように聞こえていた。

山門の前に人影があった。月明かりに浮かび上がっている。桑山、佐久間、馬場、三木の四人である。

「お待ちしておりました」

佐久間が唐十郎にいうと、他の三人がこわばった顔で頭を下げた。だいぶ、緊張しているようである。とくに、若い三木という男の顔は蒼ざめていた。この男も、斬り合いの経験はないようである。

「佐久間どの、手筈どおり、敵が近付いてきたら引いてくれ」

唐十郎は念を押すようにいった。

「承知しております」

佐久間はけわしい顔でうなずいた。この前の襲撃で、斬り合っても大隅たちにはかなわないということが分かったのだろう。逃げる、という策に不満はないようだった。

「まだ、余裕がある。作戦の子細をつめよう」

唐十郎が話した策はこうである。

まず、佐久間たち四人が海岸側から喊声《かんせい》を上げて庭に侵入し、大隅たちを引き寄せておいてから散り散りに逃走するのである。逃げ道は隣家の板塀沿いの小径や海岸際の叢《くさむら》、武家屋敷の間の路地などをそれぞれ見ておき、そこをたどって逃げる。追っ手が執拗《しつよう》に迫ってきても、斬り合わず、ともかく逃げる。

そうしている間に、唐十郎、弥次郎、助造の三人で、裏手の土蔵にまわり、圭江を助け出すのだ。

「土蔵に鍵《かぎ》はないので、ござるか」

佐久間が訊いた。

「あるでしょう。ただ、土蔵の前に見張りがいます。そやつを押さえ、鍵を奪うつもりでおります」

もし、その男が鍵を所持していなければ、見張り役を脅してともに屋敷内に入り取りに行く覚悟でいた。大隅たちがもどるまでの時間との勝負になるが、三人いれば何とかなるだろう。

「落ち合う場所は、この福明寺。もどらぬ者がいても、屋敷に引き返さぬこと」

唐十郎が語気を強めて念を押した。

唐十郎たちがもっとも危険だった。だれかが敵の手に落ち、圭江が助け出せなかったとしても、屋敷内にもどれば、さらに犠牲者が増えるだけだろう。

唐十郎を取り巻いた六人の男たちが、無言でうなずいた。どの顔もこわばり、双眸が夜陰のなかでうすくひかっていた。

「では、われらは先に」

佐久間はそういい置いて、桑山たちとともに山門を出ていった。藩邸付近の逃げ道を見ておくために、先に出たのである。

唐十郎たちは、東の空がかすかに白んできたころ福明寺を出た。まだ、払暁までには間があったが、大隅たちが寝込んでいるときに仕掛ける手筈になっていたのだ。

三人は藩邸に着くと、海岸側から桟橋のそばの小径をたどって庭に出た。そして、庭の隅のつつじの植え込みの陰に身をひそめて、佐久間たちが仕掛けるのを待った。大隅たちが庭から飛び出した後、屋敷の脇を通って土蔵の前に行くつもりだったのである。

東の空がだいぶ白んできた。夜陰に黒くとざされていた海原も鉛色をおびてきて、打ち寄せる白い波頭がはっきり見えるようになってきた。屋敷内はひっそりとして、海岸へ打ち寄せる波の音だけが聞こえてくる。

「お師匠、あそこ！」

助造が声を殺して桟橋の方を指差した。

見ると、佐久間たち四人が小径をたどって、庭の方に忍び寄ってくる姿が見えた。襷《たすき》で両袖を絞り、袴の股立を取っている。

「いよいよ始まるな」

唐十郎は、手早く刀の下げ緒で襷をかけ、袴の股立を取った。弥次郎と助造も同じように身支度をととのえた。

4

庭に侵入した佐久間たち四人は抜刀し、喊声を上げながら屋敷の方に進み出した。わざと足音を大きくしたり、植え込みの脇を通って音をたてたりしている。できるだけ大勢が踏み込んできたように、大隅たちに思わせるためである。

すぐに屋敷のなかが騒がしくなった。侵入者に気付いて起き出したらしい。甲走った男の声や引き戸をあける音、家具の倒れる音などが聞こえてきた。

庭に面した板戸があき、男がひとり顔を出した。

「敵だ！　庭から侵入した」

男が声を張り上げた。

すぐに男は庭に飛び下り、その後ろから別の男が顔を覗かせた。寝間着ではない。小袖に裁着袴《たっつけばかま》で、刀を手にしていた。襲撃にそなえて戦える身支度で寝ていたようである。

さらに、戸口の引き戸があき、ふたりの男につづいて大柄な男がひとり飛び出してきた。

——大隅だ！

その巨漢に見覚えがあった。

「あそこだ、奸臣どもを誅殺しろ！」

大隅が大声を上げ、庭にいる佐久間たちに駆け寄った。その背後に、庭から飛び出してきたふたりがつづいた。

「ひ、引け！」

佐久間が声を上げて反転した。桑山たちも、いっせいにきびすを返して逃げ出した。追えば、追いつきそうな間だった。佐久間たちは、大隅たちに後を追わせてすこしでも屋敷から遠ざけようとしたのである。

「逃がすな、追え！」

抜刀した大隅たちは、抜き身をひっ提《さ》げたまま後を追った。屋敷から出たのは三人だけである。三人は屋敷内に声もかけなかった。後のことなど気にしていないようである。

——三人だけか。

まだ、屋敷内に腕のたつ藩士が三人いる。しかも、奥平も残っているようだ。おそらく、残った三人は、土蔵の方にまわったのであろう。さすがである。咄嗟《とっさ》に、二手に分かれて侵入者に備えたのだ。大隅たちが屋敷を出て佐久間たちを追ったのも、三人残してあるからかもしれない。

だが、躊躇《ちゅうちょ》している間はなかった。残った敵が三人ならこちらも三人、斬ればいいのである。

「行くぞ」

唐十郎は植え込みの陰から走りだした。弥次郎と助造が後につづく。

三人が屋敷のそばまで来たときだった。裏手につづく屋敷の脇に立っているふたりの男の姿が見えた。

「奥平だ！」

弥次郎が声を上げた。

もうひとりは、長身の双眸の鋭い男だった。ふたりとも抜き身をひっ提げ、唐十郎たちの行く手に立ちふさがった。

「やはり来たか」

奥平は土蔵へまわる者がいると読んだらしい。

「そこをどけ」

「ここは通さぬ」

奥平が切っ先を唐十郎たちにむけた。

「若先生、ここはわたしと助造で。若先生は土蔵へ」

そういって、弥次郎が奥平の方へ歩み寄ると、助造も、おお、と応《こた》えて、長身の男の方へむかっていった。

「まかせたぞ」

唐十郎は、その場にふたりを残して裏手へ走った。

あとひとり、腕のたつ藩士がいるはずだった。おそらく、その藩士が土蔵の前で見張り役をしているのであろう。

——いた！

思ったとおり、中背の男が土蔵の入り口の前に立っていた。細面の目の細い男だった。見覚えがある。植村を乗せた唐丸駕籠のそばにいた男である。男は裁着袴で、小袖の両袖を襷で絞っていた。斬り合いのできる身支度のまま土蔵を見張っていたようだ。

唐十郎が走り寄ると、男は、

「曲者《くせもの》！」

と声を上げ、土蔵の入り口のそばにあった縄を引いた。

それで、屋敷内にいる仲間に知らせたようである。おそらく、縄は母屋の奥につながっていて鳴子《なるこ》でも鳴るようになっているのだろう。

「だれも来ぬ」

屋敷のなかには、管理人と下働きの者以外だれも残っていないはずだった。鳴子が鳴っても駆け付けてくる者はいないだろう。

見ると、男の腰に鍵のついた木片が挟んであった。土蔵の鍵のようである。唐十郎は見張り役の男を斬る気になった。鍵さえ手に入れれば、生かしておく必要はなかったのだ。

男は八相に構えた。遣い手らしく、隙のない構えである。

――稲妻を遣う。

唐十郎はすぐに仕掛けた。いっときも早く、勝負を決したかったのである。居合腰に沈め、祐広の柄に右手を添えると、やや上体を前に倒して一気に斬撃の間境《まざかい》に踏み込んだ。

その気魄《きはく》に気圧《けお》されたらしく、男は間合を取ろうと身を引いた。その瞬間、男の腰がわずかに浮いた。唐十郎はその一瞬をとらえた。

イヤアッ！

裂帛《れっぱく》の気合を発しざま、唐十郎が抜きつけた。

まさに稲妻のような閃光が疾り、腹をえぐる鈍い音がした。

刹那《せつな》、男は八相から斬り下ろしたが、上体が前にかしげ、切っ先が唐十郎の肩先をかすめただけだった。男は前につんのめるように泳いだ。反転しようとしたが、体勢がくずれて片膝をついた。腹が横に裂けて、臓腑があふれている。それでも、男は獣のような唸り声を上げ、立ち上がって刀を構えようとした。

そこへ、唐十郎が踏み込み、祐広を一閃させた。

鈍い骨音がし、男の首が前に落ちた。

次の瞬間、首根から血が奔騰《ほんとう》し、血を撒きながら首のない男の体が前にくずれるように倒れた。

唐十郎はすぐに男の腰から鍵のついた木片を抜き取り、土蔵の戸口に走った。

鍵はあいた。

土蔵の扉があき、払暁の淡いひかりが澱んだような闇を脇に押しやった。土蔵の奥まった場所にうずくまっている人影が浮かび上がった。

圭江である。後ろ手に縛られているらしい。圭江は戸口にあらわれた男が、唐十郎と気付いたらしく、

「狩谷さま……」

と、か細い声でいった。

唐十郎は圭江のそばに走り寄った。

と、ふいに、背後で土蔵の扉のしまる音がした。

——しまった！

反転してもどろうとしたが、遅かった。厚い漆喰《しっくい》の引き戸はとざされ、鍵をかけられた

らしく、動かない。すぐに、周囲に目をやったが、漆喰の壁でおおわれ、他に出口はないようだ。圭江とともに閉じ込められてしまったのだ。

——これも、罠か！

唐十郎は、圭江を囮に使った罠に嵌《は》まったことを察知した。

5

そのとき、弥次郎は奥平と対峙していた。これで、三度目である。

——今度こそ、斬る。

弥次郎にはその自信があった。二度目に対戦したとき、弥次郎は霞斬で奥平の腹部を浅く薙いでいた。切っ先がかすった程度の傷だが、同じ呼吸で一寸深く踏み込めば腹をえぐれるはずである。

奥平は遠間のまま大小を持った両手を挙げ、逆八の字に構えて、蝶が羽ばたくように頭上で交差させていた。この前と同じ構えと動きである。

弥次郎は奇異な感じを持たなかった。威圧もない。ただの虚仮威《こけおど》しだと分かっていた。

弥次郎は、刀の柄に右手を添えたままスルスルと斬撃の間へ迫っていった。

が、奥平は同じ間隔を保ったまま後じさった。弥次郎がなおも迫ろうとすると、奥平は同じように下がった。弥次郎が後ろをふさがれた屋敷の方へ追いつめようとするが、奥平はスルリと身を脇に移してしまう。

――こやつ、逃げの一手か。

奥平には、弥次郎とまともに立ち合う気がないようである。

ならば、助造に助太刀しよう、と思い、目を助造の方へむけた。助造は長身の男に押されていた。

すでに、助造は抜刀していた。仕掛けた居合は、敵にかわされたらしい。青眼に構えた助造の顔が、ひき攣《つ》っていた。助造は劣勢である。

弥次郎が、助造と対峙している長身の男の方に走り寄ろうとしたときだった。

庭の方から、走り寄る足音がした。ふたり走ってくる。大隅と痩身の男だった。

――奥平は助勢を待っていたのか！

と、弥次郎は気付いた。

ふたりが、敵側にくわわったら、助造とふたりでは相手にならなかった。この場は逃げるしかない、と弥次郎は踏んだ。すでに、唐十郎が裏手にまわって、いっとき経っている。それに、大隅たち四人をいくらか引きつけておけば、唐十郎に逃走の時を与えられるだろうとも思った。

「助造、逃げるぞ！」

声を上げざま、弥次郎は一気に長身の男に迫って抜刀した。

――真向両断《まっこうりょうだん》。

真っ直ぐ敵の正面に迫って抜きつけ、敵の真額《まびたい》を狙って斬り下ろす。初伝八勢のひとつで、小宮山流居合の基本の技である。腕の差のない相手には通じぬ技だった。

ただ、弥次郎は長身の男を斬ろうとしたわけではなかった。助造に逃げる間を与えようとしたのである。

長身の男が、身を引きざま弥次郎の斬撃を撥ね上げた。

キーン、という甲高い金属音がひびいて、ふたつの刀身が跳ねかえり、ふたりの体が交差した。次の瞬間、長身の男は身を引いて青眼に構えなおしたが、弥次郎はそのまま走り抜けていた。

同時に、助造も弥次郎の後を追って走りだしていた。

「逃すな！」

奥平が叫んだ。

庭の方から大隅たちが駆け寄ってくる。

弥次郎と助造は、土塀沿いをまわるようにして庭の隅を横切り、桟橋のそばの小径へ出た。大隅たち四人が追ってきたが、それほど足は速くなかった。弥次郎と助造は小径をたどり、武家屋敷の間の路地を通って表通りへ出た。しばらくすると、背後からの足音は聞こえなくなった。

「な、何とか、逃げられたようだ」

弥次郎は立ち止まって、ハア、ハア、と荒い息を吐いた。心ノ臓が激しく鼓動していた。こんなに走ったのは、久し振りである。

助造も顔を赤くして、荒い息を吐いていた。顔が汗まみれである。ただ、若いだけあって、それほど苦しそうでもなかった。

「お師匠は、逃げられたでしょうか」

助造は藩邸の方を振り返って、心配そうな顔をした。

「若先生のことだ。圭江どのを助け出したと思うが……」

弥次郎も心配だった。ただ、屋敷の内側からなら裏門もあくはずで、庭を通らずに通りへ出たのではないかという思いもあった。

「ともかく、福明寺にいってみよう」

弥次郎は助造をうながして歩きだした。

福明寺に唐十郎と圭江の姿はなかった。山門の脇で待っていたのは、佐久間たち四人だけである。四人は、大隅たちの手からうまく逃げられたらしい。傷を負っている者もいなかった。

「狩谷どのは」

佐久間がこわばった顔で訊いた。

「まだ、来ていないのか」

弥次郎は声をつまらせた。血の気が失《う》せて、顔が白っぽくなっている。不安と心配が胸をしめつけてきたのだ。

弥次郎は、かいつまんで敷地内でのことを話したが、気が気ではなかった。唐十郎が圭江を助け出したのなら自分たちより遅くなることはないはずだった。敵の手にかかった可能性が高かった。

それでも、追っ手をまくために遠まわりしているのかもしれない、と思い直し、弥次郎たちは、その場で唐十郎が帰ってくるのを待つことにした。

一刻（二時間）以上も待った。唐十郎も圭江もあらわれなかった。すでに陽は高くなり、山門の先の表通りには、通行人が行き交っている。

「師範代、屋敷へ行ってみましょう」

ふいに、助造が立ち上がり、目をつり上げて弥次郎にいった。

「だめだ。……それは、だめだ」

弥次郎は必死の面持ちで助造を制した。

我を忘れて屋敷内に踏み込むようなことをすれば、大隅たちの餌食になるだけである。

唐十郎自身、そのことが分かっていたからこそ、押し入る前に、もどらぬ者がいても、屋敷に引き返さぬこと、と強く念を押したのではないか。

「お、お師匠が、斬られるようなことはねえ。屋敷の近くにいるはずだ」

助造が泣きだしそうな顔でいった。思わず百姓言葉が出たほど、助造は動揺していた。

「そ、そう思いたいが……」

弥次郎もまた動揺していた。

弥次郎は唐十郎がまだ子供だったころから共に稽古に励み、道場がすたれた後も試刀家や介錯人として同じ道を歩いてきたのである。弥次郎にとって、唐十郎は師弟というより兄弟以上の存在だったのだ。

だからといって、むざむざ殺されにもどるべきではない。それは唐十郎の意に反することでもあるのだ。弥次郎は己の心を鬼にし、

「今日のところは、引き上げよう。動くのは、屋敷内の様子が分かってからだ」

と、強い口調でいった。

6

唐十郎は土蔵の壁に背をあずけ、虚空に目をとめていた。鉄格子の入った明かり取りの窓からひかりが差し込み、土蔵内のうす闇に淡いひかりの筋を引いていた。陽のひかりの

筋のなかで、微小な埃《ほこり》が揺れ動いている。まったく風はなかったが、大気は動いているらしい。

「狩谷さま、わたしのためにこんなことになってしまい……」

圭江は消え入るような声でいった。唐十郎が土蔵に閉じ込められてから、何度も口にした言葉である。

「圭江どののせいではない」

己が迂闊だったのだ、と唐十郎は思った。土蔵内に踏み込んだとき、唐十郎の頭に、見張り役を斬れば近くに敵はいないという思い込みがあった。だが、考えてみれば、大隅たち六人の他に屋敷の管理人と下働きの者もいたのだ。土蔵の戸をしめるぐらいのことは、だれでもできる。

土蔵に閉じ込められた後、唐十郎は縛られていた圭江の縄を解いてやった。土蔵内の奥の一部は板張りになっていて、古い茣蓙が敷いてあった。そこに圭江は両足と両手を縛られていたのである。

圭江は思ったより元気そうだった。怪我はなく、やつれた様子もない。捕らえられてからも、食事は与えられていたようだ。

その後、ふたりで土蔵から出られないか調べてみた。土蔵内には古い長持《ながもち》や破れた襖などが隅の方に積まれていたが、これといった物はなかった。なかはがらんとして黴《かび》と埃の臭いが漂っている。長く放置されたままらしく、積まれた物や床は埃をかぶっていた。

出入り口は漆喰の引き戸だけ、窓は高い所に鉄格子の入った明かり取りがあるだけだった。土蔵内にある長持や木箱などを積み上げれば、窓までとどくが鉄格子は簡単にはずれそうもなかった。

——足掻《あが》いても無駄だ。

と、唐十郎は判断した。

このまま飢え死にさせる気か、それとも大勢で入り口を取りかこみ、引き戸をあけて弓でも射込んで殺すか。いずれにしろ、敵が仕掛けてくるのを待つしかなかった。

唐十郎には、己の窮地にくわえ別の強い懸念があった。それは、自分と圭江が弥次郎と助造、それに佐久間たち改革派の藩士をおびきよせる囮になっていることだった。当然、弥次郎や佐久間たちは、土蔵にふたりが捕らえられていることに気付くだろう。そして、救出のためにこの屋敷に押し入るかもしれない。そうなると、また新たな犠牲者を生むことになるのだ。

だが、焦ってもどうにもならない。何が起こるか、いまは待つしかないのだ。

圭江は、すこし離れた床に座してうつむいていた。静寂のなかで、かすかな吐息と着物の擦れる音などが耳にとどいた。

静寂のなかで、長い沈黙の時が流れた。

「狩谷さまは、お独りなのですか」

つぶやくような声で、圭江が訊いた。

「父母が死んでから、ずっと独り暮らしだ。他人《ひと》は、おれのことを野晒とも呼ぶ。枯れ野をさまよって生きる身だからであろう」

唐十郎は抑揚のない声でいった。

「わたしも、同じような身の上でございます」

深い静寂のなかで、黙っているのはかえって辛いのかもしれない。唐十郎は何も訊かなかったが、圭江は昔のことを思い出しながら独り言のように話しだした。

圭江は三十五石の家に生まれたという。父親の島田部左衛門は徒士だったが、領内では名の知れた双源流の遣い手で、自分の家の庭を道場にしていた。近隣の藩士が稽古に通ってきたが、下級藩士の子弟ばかりで、束脩《そくしゅう》などは望めなかった。島田家の暮らしは貧しく、食事もまともに摂《と》れないほどであった。

しかし、剣名が高まったことで徒士組小頭に抜擢《ばってき》され、五十石となった。このことで自信を持ったのか、父親は嫡男と圭江の兄妹にも、双源流の稽古をさせた。この稽古が、まだ十歳前後の兄妹にとっては過酷であった。父親は、他人と同じように稽古していたのでは抜きん出ることはかなわぬ、といって、他の若い門弟以上の荒稽古を強いたのである。

そんななか、圭江は父の道場に門弟として通っていた萩原幹三郎と知り合い、やがて萩原が江戸に送られることを知ると、周囲の反対を押し切って飛び出して来たのだという。

「本当は、萩原さまといっしょになることを言い交わした仲ではないのです。わたしひとりがひそかに思いを寄せていただけなのです。それに、江戸へ出たのは男と変わらぬ剣の修行を強いる父の許から逃れたい気もありました」

「……………」

唐十郎は、萩原が切腹のおり、圭江のことを口にしなかった理由が分かった。荻原にとって、圭江は剣術の師匠の娘に過ぎなかったのであろう。

「ですからなおさら、わたしには帰る家もないのです」

圭江はしんみりした口調でいった。

唐十郎は何もいわなかった。憂いをふくんだ顔で、闇に目をむけているだけである。

「そうか」

圭江も口をつぐんだ。ふたたび、沈黙がふたりをつつんだ。圭江の色白の横顔は、暗い翳《かげ》におおわれていた。土蔵のなかの薄闇のせいばかりではなさそうである。ただ、意志の強い女らしく、薄闇のなかにひらかれている目が、強いひかりをたたえていた。

その夜、唐十郎は圭江を抱いた。圭江の方から身をあずけてきたのである。土蔵の暗い闇のなかで、ふたりは追いつめられた者同士が、束の間の生を燃やすように激しく求めあった。

7

そのころ、弥次郎は道場の床にひとり端座していた。夜更けである。武者窓から青白い月光が射し込んでいたが、灯明のない道場内の闇は濃かった。弥次郎は咲を待っていたのである。

高輪の奥江藩の屋敷に押し入った後、弥次郎は佐久間たちとともに屋敷内の様子を探った。弥次郎と助造は屋敷付近で聞き込み、佐久間たちは改革派の藩士をつうじて情報の収集にあたったのである。その結果、唐十郎と圭江は殺されたのではなく、土蔵内に捕らえられているらしいことが分かった。

弥次郎は、屋敷に押し入って唐十郎と圭江を助け出そうと主張する助造や桑山などを抑えて、緑町の空屋敷に足を運び咲と連絡を取った。弥次郎も唐十郎とともに、咲たち伊賀者と多くの戦いを共にしてきたので、連絡法を知っていたのだ。

ふと、道場の戸口で人の気配がした。

弥次郎が目をやると、闇のなかにかすかに人影があった。咲である。咲は闇に溶ける忍び装束に身をつつんでいた。それにしても、さすがに忍者である。近付くまで、足音はむろんのこと気配さえ気付かせなかったのだ。

「本間さま、何かございましたか」

咲は弥次郎とすこし間を置き、道場の床に座したようだった。闇のなかに色白の顔がぼんやり浮かび上がっている。咲は夜陰に己の姿をまぎらわせたいとき、覆面で顔を隠すのだが、道場に入って覆面は取ったようである。

「若先生が、敵に捕らえられた」

「唐十郎さまが！」

咲が大声を上げた。表情は見えなかったが、顔がこわばったようである。

「高輪にある奥江藩の屋敷だ」

弥次郎は、圭江を救出するため、佐久間たち奥江藩士と屋敷に押し入った一部始終を話した。

「それでは、唐十郎さまは無事なのですね」

咲が念を押すようにいった。

「無事だが、圭江どのといっしょに土蔵に捕らわれているようだ」

「なぜ奥江藩の家中の者が、狩谷さまを捕らえておくのです？」

咲が訊いた。声が平静にもどっている。呼び方も狩谷さまと、他人の前での呼び方になっていた。

「おそらく、われらをおびき寄せるための人質だろう」

「人質……」

「改革派の藩士を討つための、やつらの手だ」

「……」

「咲どの、手を貸して欲しい」

弥次郎は、闇のなかで身を乗り出していった。

「何としても、若先生を助け出したいのだが、あの屋敷には手練が何人もいて、われらが救出にくるのをてぐすねひいて待っているのだ。それに、いざとなれば、若先生と圭江どのを殺すだろう。……危険だが、ひそかに屋敷内に侵入して土蔵から若先生を助け出すしか手はないような気がするのだ」

弥次郎は苦渋に顔をしかめていった。

「本間さま、今夜にも咲が屋敷内に侵入し、狩谷さまが捕らえられている土蔵を見てまいりましょう」

話を聞いた咲は、弥次郎に頼まれなくとも、唐十郎を救い出すために屋敷内に侵入するつもりになっていた。状況によっては、そのとき土蔵を破って助け出してもいい。

「かたじけない」

「では、明朝」

そういって、咲は立ち上がった。

フッ、と闇が揺れたように見えた。次の瞬間、ぼんやりと見えていた人影が消えていた。道場の戸口から表へ、一陣の風が吹き抜けたような気配がしたが、すぐに夜の静寂《しじま》につつまれてしまった。

いっとき後、咲は寝静まった江戸の町を疾走していた。

すでに、咲は高輪にある奥江藩の屋敷に二度忍び込んでいたので、唐十郎たちが捕らえられている土蔵のある場所も屋敷内の間取りも、どこに大隅たちが寝泊まりしているかもあらかた分かっていた。

咲も海岸側から庭へ侵入した。屋敷の脇を通って、土蔵のある裏手へまわるのである。咲の姿は闇にまぎれていた。足音を消して、土塀沿いに土蔵の方へ近付いていく。咲のいる闇の方に目をむけた者がいたとしても、その姿を識別することはできなかっただろう。

屋敷は夜の帳《とばり》に沈み、洩《も》れてくる灯《ひ》もなく寝静まっていた。前方に土蔵の屋根が見えてきた。咲は塀際の欅《けやき》の樹陰の濃い闇をたどりながら、土蔵の正面に近付いた。

——いる!

土蔵の出入り口の引き戸の前に、痩身の武士が腰を下ろしていた。膝を両手で抱えるようにして、うなだれている。

見張り役である。目を閉じているようだったが、眠ってはいなかった。寝息が聞こえないし、体に緊張もあった。交替で、寝ずの番をしているのだろう。

——鍵を持っている。

男の腰に、鍵のついた板片が挟んであった。土蔵の鍵であろう。

そのとき、咲の脳裏に手裏剣を打って見張り役を斃《たお》し、鍵を使って唐十郎たちを助け出すという思いがかすめた。

だが、思いとどまった。手裏剣を打てば、当てることはできそうだが、絶命させることはできない。男はすぐにそばにある縄を引いて鳴子を鳴らし、屋敷内に侵入者がいることを知らせるはずである。大隅たちに剣で対峙されたら、咲には太刀打ちできない。そうなると、唐十郎たちを助け出せないだけでなく、忍者が敵側にいることを知らせ、唐十郎たちへの監視はさらに厳重になるだろう。下手をすると、これ以上監禁している利はないと考え、ふたりを始末する恐れもあった。

咲は足音を忍ばせ、見張り役に気付かれないよう土蔵の脇へまわった。何処《どこ》にも侵入できそうな場所はない。

漆喰の壁に耳を近付けると、かすかに人の寝息が聞こえた。間違いなく、土蔵内にだれかいるようである。はたして唐十郎かどうか、咲はなかを見てみたいと思った。土蔵の壁に目をやると、明かり取りの窓がある。地面から十五、六尺はあろうか。覗くにしても、高すぎる。いかに忍びの達者でも、垂直の壁を這い上がることはできない。

——あの枝を使うしかないようだ。

その窓のそばに欅の太い枝が張り出していた。そばといっても窓より高く、しかも身の丈ほども離れている。

咲は太い欅の幹をスルスルと上った。そして、土蔵の窓の方に張り出している枝をつたい、見当をつけると、枝に両膝をかけてぶら下がった。それでも、窓から土蔵のなかを見ることはできなかった。

咲はぶら下がったまま身を振りだした。すると、頭が窓に近付いたとき、一瞬だが、土蔵のなかを見ることができた。見えるといっても、濃い闇に閉ざされていたので、かすかに人影が識別できただけである。それも、夜目の利く忍者だからこそ見えたのだ。

——唐十郎さまだ！

咲はかすかに識別できた人影で、そこにいるのが唐十郎だと分かった。刀を胸に抱くようにして柱に背をもたれさせている姿は、何度か縁先で目にした唐十郎にまちがいなかった。いっしょにいるという圭江の姿は見えなかった。物陰にいるのかもしれない。

どうやら、唐十郎は縛られていないようである。傷を負っている様子もない。

咲は唐十郎に自分がここにいることを伝えたかった。味方がそばまで来ていることを知れば、唐十郎もいくらか安心できるだろう。それに、唐十郎の方から伝達の手段をこうじてくるかもしれない。

咲は身を起こし、棒手裏剣に三尺手ぬぐいの端を短く裂いて結わえると、ふたたび膝をかけてぶら下がって身を振り、窓に近付いたときに手裏剣を打った。

足元の床に突き刺さった手裏剣の音で、唐十郎は目を覚ました。辺りは深い闇につつまれていた。唐十郎は音のした方に手を這わせて、棒手裏剣を手にした。

——咲だ！

唐十郎は直感した。

咲が近くにいることを知らせたのである。唐十郎は頭上の明かり取りの窓に目をやった。手裏剣を打つには、そこしかなかった。

だが、そこに咲の姿はなかった。窓から覗きながら手裏剣を打ったのではないようだ。おそらく、何かを利用して一瞬だけ窓に身を寄せたのであろう。いずれにしろ、咲が唐十郎を救出するために、屋敷内に忍び込んだことはまちがいないようだ。

「狩谷さま、どうされました？」

すこし離れた場所で横になって休んでいた圭江が訊いた。唐十郎の動く気配で目を覚ましたようである。

「何でもない。眠れぬだけだ」

唐十郎は、棒手裏剣をふところにしまった。咲のことは、圭江に隠しておくつもりだった。

　翌朝、明るくなると、唐十郎は圭江の手も借り、明かり取りの窓のそばに長持や木箱などを積み上げた。咲はもう一度姿を見せる、という確信があったからだ。

「ここに長持などを積み上げて、何をなされるのです」

　圭江は不審そうな顔をして訊いた。

「なに、あまりに退屈なのでな。窓から外を眺めようというのだ」

　唐十郎は口元に微笑を浮かべていった。

　それから、半刻（一時間）ほどすると、出入り口の引き戸が三寸ほどあいて、竹の子の皮につつまれたにぎり飯と水の入った竹筒が投げ込まれた。朝餉である。どういうわけか、待遇はよかった。三度の食事の他に冷水や麦湯などが投げ入れられることもあった。

　一度、唐十郎は引き戸があいたときを狙って、さらに戸をあけようと引っ張ってみたが、何か丸太でもかってあるらしく、それ以上はあかなかった。

「飢え死にさせる気はないようだな」

　そういって、唐十郎は竹筒とにぎり飯を拾い上げた。

# 第五章　脱出

## 1

狩谷道場に五人の男が集まっていた。弥次郎、助造、佐久間、桑山、馬場である。男たちの顔はいくぶん紅潮し、座も熱気をおびていた。

「高輪の屋敷に押し込み、狩谷どのと圭江どのを助け出しましょう」

桑山が強い口調でいった。桑山には、圭江を救出したいという強い思いがあるようである。あるいは、胸の内で圭江のことをひそかに思っているのかもしれない。

「十人ほどの同志が集められます。なかには、腕のたつ者もおります。大隅たちを討って植村さまの敵《かたき》を討ついい機会です」

馬場も顔を赤くしていいつのった。

佐久間たちの話によると、国許から改革派の藩士が八名、急遽《きゆうきよ》上府したというのだ。領内では、このところ改革派が力が増し、門閥派の重臣のなかにも改革派に与する者が増えてきたという。その理由はふたつあるとのことだった。ひとつは、蔵元である大垣屋から多額の賄賂《まいない》が、国家老の梅田と江戸家老の小西に流れていることが発覚し、どっちつかずだった藩士の多くが改革派につき、これをみた一部の門閥派の重臣が改革派を支持するようになったからだという。

もうひとつの理由は、時代の流れだった。黒船の来航後、幕府も諸藩も開国と攘夷とで揺れていたが、海防のために沿岸警備につとめねばならぬ、という主張に反対する者は少数であった。そうした状況のなかで、藩財政をたてなおし、領内の海岸線の警備力を高めねばならぬという改革派の論に賛同する者が増えてきたのだ。

要するに門閥派の旧態依然とした藩政の舵取りに、多くの藩士が不安と不満をいだいた結果のようである。

そして、勢力を得た国許の改革派の藩士のなかに、江戸で切腹に処された萩原幹三郎と護送中に暗殺された植村栄蔵の無念を晴らしてやりたいと思う者が増え、そのうち八名が脱藩して上府したり重臣に上府を願い出たりしたのだという。

「ところで、小西たちは改革派の藩士が江戸へ来たことを知っているのでござろう？」

弥次郎が訊いた。

「それは、つかんでいるはずです」

桑山がいった。

「大隅たちもこちらの襲撃に備えようとしているかもしれません。高輪の藩邸にいる大隅たち六人の他に、小西の命で動く門閥派の藩士は？」

「まだ、大勢おります」

佐久間によると、江戸の藩邸ではまだ門閥派の勢力が強いという。

「となると、高輪の藩邸に待機している門閥派の人数が増えているかもしれません」

弥次郎は、佐久間や桑山たちが十人ほどで押し入っても、返り討ちに遭うだけではないかという気がした。

「それより、別の手を考えましょう」

「別の手といわれると？」

佐久間が訊いた。他のふたりの藩士も弥次郎に視線をむけている。

「江戸家老の小西だが、藩邸を出ることはありませんか」

「あるが？」

「供を連れず、お忍びで出るようなことは？」

「それもあります。このところ、小西は大垣屋の主人の久兵衛《きゅうべえ》と柳橋《やなぎばし》の料理屋などで密会することがあるようです」

大垣屋の本店は江戸日本橋にあり、国許にあるのは支店だという。

「ならば、家中に噂を流してください。……江戸に出た改革派の者が、小西の命を狙って尾けまわしているようだと」

「なにゆえ、そうした噂を？」

「そうすれば、小西は何人かの腕利きを自分の警護につけるでしょう。それに、何とかして江戸に出た改革派の方の所在をつかもうとするはずです。小西にすれば、自分の命を狙っている者を放置しておけないでしょうからね。そうなれば、高輪の警備は手薄になるはずです」

「そうかもしれません」

佐久間は得心したようにうなずいた。

「どうです、警護が手薄だったら実際に小西を襲ってみたら。覆面で顔を隠して襲い、斬り合いになる前に逃げてもいい。それだけでも、小西は肝《きも》を冷やして、すこしはおとなしくなるかもしれませんよ」

弥次郎がいった。覆面で顔を隠せば正体は知れず、佐久間たちの襲撃と疑っても、すぐに処断することはできないだろう。

「なるほど、それはいい」

佐久間は顔をくずした。桑山と馬場も、やりましょう、といって、目をひからせた。

「それに、大隅や影蝶を断るのは、われらの仕事です」

弥次郎はすこし声を強めていった。

弥次郎の頭のなかには、高輪の藩邸に大勢で押し入る前に、咲の手も借りて、唐十郎と圭江を何とか助け出したいという気持ちがあった。大勢で押し込めば、大隅たちが人質である唐十郎と圭江の命を先に断つ懸念があったからである。

佐久間たちが道場を出た後、弥次郎は、

「助造、われらだけで若先生を助け出しにいくかもしれんぞ」

と、助造を見つめていった。弥次郎の双眸には、腹をくったような強いひかりがあった。

「はい」

助造も悲壮な決意でうなずいた。

その日の午後、咲が道場に姿を見せた。忍び装束ではなく、武家の娘のような姿をしていた。日中出歩くときは、こうした姿が多い。

「高輪の藩邸の土蔵に、狩谷さまと圭江どのが閉じ込められております」

咲は、忍び込んだときの様子をかいつまんで話した。

「屋敷内に、敵は何人ぐらいいるだろうか」

「大隅以下、八人。屋敷の管理にあたっている藩士と下働きの老爺《ろうや》もくわえてですが」

咲は、剣の遣い手は大隅以下六人でしょう、といい添えた。

「いずれにしろ、屋敷内にいる大隅たちに知られずに、土蔵から若先生たちを助け出すのは難しいだろうな」

「四六時中、土蔵の前には見張りがいます。屋敷には鳴子で知らせるようになっておりますし、助け出すには鍵も必要です」

当初、侵入したときは、見張り役の腰に鍵がぶら下がっていたが、その後の見張り役は持っていなかった。奪われるのを用心して、屋敷内に隠したと思われる。

「うむ……」

やはり、いまの状況では侵入して唐十郎たちを助け出すのは難しい、と弥次郎は思った。下手をすれば、奥州街道で植村を救出しようとして襲ったときと同じ結果になる。

弥次郎が黙ったまま考え込んでいると、

「さらに、何か探ることはございましょうか」

と、咲が訊いた。

「藩邸にいる大隅たちが動いたら、知らせてほしい」

佐久間たちが家中に噂を流せば、大隅か奥平かどちらかが小西の護衛につくのではないかという期待があった。

「承知」

咲はちいさくうなずくと道場から出ていった。

2

風があるらしく、土蔵の外の欅の枝葉がサワサワと揺れていた。土蔵のなかは濃い闇につつまれている。ただ、明かり取りの窓から月明かりが射し込み、積んである古い長持や襖などの輪郭だけはぼんやりと見えていた。土蔵に閉じ込められていると時間の経過が分かりづらくなるが、子《ね》ノ刻（午前零時）は過ぎているだろう。

唐十郎は祐広を胸で抱くように持ち、柱に背をもたせかけて目をとじていた。眠ってはいなかった。さっきから外の気配に意識をむけていた。そろそろ咲が姿を見せるころである。

圭江はすこし離れた莫蓙の上に身を横たえていた。眠っているらしく、闇のなかでかすかな吐息が聞こえている。

と、欅の枝葉の揺れる音がした。風で揺れるのとは異質な音である。

――来たようだ。

唐十郎はふところから、鍵のついた木片を取り出した。

土蔵の鍵をあけてなかに入った後、出入り口の引き戸をしめられたため、鍵は土蔵のなかに落ちたままだったのだ。

唐十郎は、その鍵を咲に渡そうと思っていた。鍵があれば、見張りがその場を離れた隙にでも、引き戸をあけることができる。気配を消して忍び込むことのできる咲なら、それも可能だと唐十郎は思ったのだ。

唐十郎は静かに身を起こし、このときのために積んでおいた長持や木箱の方へ足音を忍ばせて近寄った。

音のしないように上がったが、長持や木箱の軋《きし》む音がした。だが、圭江は気付かぬようだった。規則正しい寝息が聞こえている。

鉄格子の窓の外に、欅の葉叢《はむら》が見えた。夜陰のなかに黒い樹影がひろがっている。窓からは遠かった。いかに、咲でも手はとどかないだろう。

そのとき、ザワッと枝葉の揺れる音がした。

と、黒い人影が、唐十郎の目の前をよぎった。なんと、体が逆様《さかさま》である。

──ぶら下がっているのか。

唐十郎は、咲が高い枝に膝をかけてぶら下がり、身体を揺らして窓に近付いていることを知った。

唐十郎は鍵のついた木片を握って、窓から腕を突き出した。咲に手渡そうとしたのである。落とせば、その音で見張り役に気付かれるだろう。何とか空中で手渡したかった。

一度、人影が唐十郎の前をよぎった。腕を伸ばしたようだったが、木片までとどかなかったようである。

もう一度、枝葉の揺れる音がし、一瞬、咲の白い腕が夜陰をよぎり、唐十郎の手から木片が離れた。うまく、木片をつかんだようである。

さらに、枝葉の揺れる音がしたが、それっきり人影は見えなかった。咲は、何の鍵であるかすぐに察知するはずだ。

唐十郎は音のしないように長持や木箱を積んだ場所を下り、何事もなかったように柱のそばに腰を下ろした。

「狩谷さま、どうされました」

唐十郎の動いた気配に気付いたのか、圭江が身を起こして訊いた。

「何でもない。……圭江どの、ちかいうちにここから出られるかもしれぬぞ」

唐十郎はつぶやくような声でいった。

「何かありましたか？」

「いや、そんな気がしただけだ」

唐十郎はそういって、目をとじた。

圭江もそれ以上は訊かず、横になったようである。

だが、その後、咲はなかなか土蔵に姿を見せなかった。


咲が唐十郎から土蔵の鍵を受け取って三日後の夕方だった。狩谷道場に咲が姿をあらわした。

「本間さま、大隅が藩邸を出たようです」

咲は、昨夜から大隅の姿が高輪の藩邸にないことを話した。

咲は唐十郎から鍵を受け取った夜、弥次郎と会い、土蔵の鍵が手に入ったことを伝えていた。

　すると、弥次郎は、

「咲どのの手を借り、おれと助造と三人で、若先生と圭江どのを助け出したいが、いまのままでは太刀打ちできない。屋敷にいる大隅たちが動いたとき知らせてくれ」

　と、頼まれ、その後は土蔵に近寄らず、屋敷内にいる大隅たちの動向を探っていたのだ。

「いま、屋敷内にいるのは？」

　どうやら、佐久間たちが流した噂に懸念をいだいた小西が、自分の護衛のために大隅を呼んだようである。

「奥平たち四人、それに田崎と下働きの老爺」

　田崎孫八郎《まごはちろう》は屋敷を管理している初老の藩士で、弥次郎は唐十郎から田崎という名を聞いていた。

「それだけなら、始末できるな」

　先に見張り役を斬り、唐十郎を助け出せば、味方は、唐十郎、弥次郎、助造の三人になる。場合によっては、咲も助勢にくわわれる。

　鳴子の知らせで屋敷から駆けつけるであろう敵も、奥平たち四人だ。田崎がくわわったとしても、じゅうぶん太刀打ちできる戦力だった。

「今夜、やろう」

弥次郎が意を決したようにいうと、咲が無言でうなずいた。

その夜遅く、弥次郎と助造は道場を出て高輪にむかった。咲と落ち合う場所は、以前佐久間たちと顔をそろえた福明寺である。

ふたりが山門に近付くと、柱の陰から忍び装束に身をつつんだ咲が姿を見せた。先に来ていたようである。

弥次郎は咲と顔を合わせてうなずき合うと、

「まいろうか」

といって、先にたって歩きだした。

子ノ刻（午前零時）過ぎである。通りに人影はまったくない。どの家も寝静まり、夜の帳《とばり》のなかに沈んでいる。

頭上で弦月がかがやいていた。風のないおだやかな星月夜である。路傍の叢《くさむら》で虫がすだくように鳴いていた。

3

弥次郎たち三人は、海岸側から庭先にまわった。辺りに人のいる気配はない。屋敷内はひっそりとして、夜の静寂《しじま》につつまれている。

「ここでお待ちください。わたしが様子を見てきましょう」

そう言い残し、咲は樹陰に弥次郎と助造を残して、屋敷の方に走った。

咲の忍び装束は闇に溶け、すぐに見えなくなった。叢を吹く風のようなかすかな音がしたが、それもすぐに聞こえなくなった。

いっとき待つと、咲がもどってきた。

「変わりありませぬ。見張りがひとりいますが、奥平たちは屋敷内で眠っているようです」

「よし、行こう」

弥次郎たちは足音を忍ばせて、屋敷の脇から土蔵へとむかった。

土蔵の前に人影があった。青白い月光がひとりの武士の姿を浮かび上がらせていた。見張り役である。武士は入り口の脇に床几を置き、それに腰を下ろしていた。うなだれて目を閉じているが、眠ってはいないようだった。

「やつは、おれが仕留める。咲どのと助造は戸をあけ、若先生を助け出してくれ」

弥次郎がそういうと、咲と助造が無言でうなずいた。

ふいに、弥次郎が疾走した。

虎足である。刀の柄に手をおき、すこし前屈みの姿勢で獲物に迫る獣のように走る。その後に、咲と助造がつづいた。

その足音に、見張り役が気付いた。一瞬、ギョッとしたように身を硬直させたが、すぐに立ち上がり、

「曲者《くせもの》！」

と声を上げ、かたわらの鳴子の縄をつかんで引いた。

屋敷のなかで、カラカラと音がした。静寂のなかで、鳴子の音が笑い声のようにひびいた。

一気に弥次郎は、見張り役の男に接近した。

男は迎え撃とうとして抜刀し、青眼に構えた。だが、動揺しているらしく腰が浮き、切っ先が小刻みに震えている。

ヤアッ！

鋭い気合を発し、弥次郎が抜き放った。

一瞬の迅業《はやわざ》だった。走り寄りざま弥次郎の腰元から閃光が逆袈裟に疾《はし》った。虎足から霞斬へ変化させたのである。

男は弥次郎の斬撃を受ける間がなかった。

男の脇腹へ入った弥次郎の切っ先が、肉をえぐって胸へ抜けた。

一瞬、ひらいた肉の間から肋骨が覗き、次の瞬間、血が噴き出した。男は、ギヤッとい

う絶叫を上げて、のけぞった。

　さらに弥次郎は踏み込み、二の太刀で男の首筋を払うように斬った。血飛沫が噴出し、男はたたらを踏むように夜陰のなかを泳ぎ、前につんのめるように倒れた。

　この間に、咲が鍵をはずし引き戸をあけた。


　唐十郎は、土蔵の外を疾走する足音を聞いて目を覚ました。弥次郎の遣う虎足だ、とすぐに察知した。他にも足音がする。何人かが、土蔵の前へ走ってくるようだ。

「圭江どの、起きろ。助けに来たようだ」

　すぐに、唐十郎は祐広を腰に差し、出入り口の引き戸のそばへ走り寄った。圭江も事態を察知したらしく、こわばった顔で唐十郎の後ろに近寄ってきた。

　待つ間もなく、すぐに引き戸があいた。目の前に助造と忍び装束の咲が立っていた。すこし離れた場所に血刀をひっ提げた弥次郎の姿もあった。見張り役を仕留めたようである。

　圭江は驚愕に目を剝いていた。こんなふうに土蔵から出られると予想しなかったようである。とくに、初めて見る忍び装束の咲には、驚きの目をむけていた。

「お師匠！　助けにきました」

　助造が喉のつまったような声を上げた。

「かたじけない」

唐十郎は圭江とともに、土蔵から出ると屋敷の方に目をやった。

廊下を走る複数の足音がし、裏口の戸があいた。

ふたりの武士が姿を見せた。奥平と長身の男である。

「また、うぬらか！」

奥平が憤怒に顔をゆがめて、抜刀した。つづいて、長身の男も抜いた。逃げずに戦う気のようだ。

「若先生、奥平はわたしが」

そういうと、弥次郎はつかつかと奥平の方に歩み寄った。

「されば、もうひとりはおれに斬らせてくれ」

唐十郎は長身の男の方に近寄った。久し振りで気が昂《たかぶ》っていた。胸の内で血が煮え滾《たぎ》っている。長い間、土蔵のなかに閉じ込められていたため鬱積したものが噴き出したらしい。

唐十郎が長身の男との間をつめていったとき、屋敷の脇からもうひとり姿を見せた。中背の武士だった。奥平とともに屋敷に残っていた門閥派の藩士であろう。

「やつの相手はおれだ！」

声を上げて、助造が姿を見せた男の方に走った。

咲は助造の方へ走り、圭江は唐十郎の背後にまわった。

唐十郎は居合腰に沈めたまま長身の男との間をつめていった。

長身の男は八相に構えていた。隙のない構えだが、敵を一太刀で斃そうとする気魄がない。道場での稽古は積んだが、真剣勝負の経験はそれほどないのかもしれない。

唐十郎は全身に気勢をみなぎらせ、抜くぞ、という気配を見せながら、間合をつめていく。長身の男はその身構えと気魄に威圧を感じたらしく、すこしずつ後じさった。

かまわず、唐十郎は摺《す》り足で一気に間合をつめた。そして、斬撃の間境に踏み込むや否や、ピクッ、と右肩を動かし、抜刀の気配を見せた。

誘いである。長身の男は唐十郎が抜く前に斬り込もうと機をねらっていたらしく、すぐにこの誘いにのった。

タアッ！

喉の裂けるような気合を発しざま、男は八相から唐十郎の頭上へ斬り下ろしてきた。

唐十郎は身を引いて、この斬撃をかわした。

鼻先を刃唸りをたてて、男の切っ先が斬り下げられた刹那、
イヤアッ！

裂帛の気合が夜陰をつんざいた。唐十郎の腰元から稲妻のように疾《はし》った閃光が、男の頭

上に伸びた。

真向両断——。

凄《すさ》まじい斬撃だった。壺を割るような骨音がし、祐広が顎のあたりまで食い込んだ。血と脳漿《のうしょう》が飛び散り、頭部が柘榴《ざくろ》のように割れた。唐十郎の怒りの一刀である。男はくずれるように倒れた。悲鳴も呻《うめ》き声もない。即死である。

4

弥次郎は奥平と対峙していた。奥平はこの前と同じように大きく間をとったまま、両腕を上げて、大小を逆八の字に構え、頭上で切っ先を交差させている。

——また、何か待っている。

と、弥次郎は感じた。

この前と同じである。間を大きく取ったまま、自分からは仕掛けようとしない。

——入身迅雷《いりみじんらい》を遣う。

弥次郎は一気に勝負を決するつもりでいた。

入身迅雷はすばやい寄り身で、敵との斬撃の間に踏み込んで抜き付け、一気に勝負を決する小宮山流居合、中伝十勢のなかの技である。

弥次郎は柄に手を添え身を低くして、一気に奥平との斬撃の間に踏み込んでいった。咄嗟に、奥平は身を引いて間を取ろうとしたが、弥次郎の素早い寄り身に遅れて間がつまった。

ヤアッ！

鋭い気合を発して、弥次郎が抜きつけた。

逆袈裟に脇腹を襲った弥次郎の抜きつけの一刀を、奥平は右手の刀ではじこうとして振り下ろした。

が、一瞬、弥次郎の斬撃の方が迅かった。

浅く薙いだ一颯《いっさつ》が脇腹の肉を裂いて、肩口へ抜けた。着物が裂け露《あらわ》になった肌に長い血の線がはしったが、浅手だった。

「お、おのれ！」

顔をひき攣《つ》らせ、奥平は左手の小刀を弥次郎の肩口に振り下ろした。

その切っ先が弥次郎の着物の肩口をとらえたが、肌までとどかなかった。

間髪《かんはつ》を入れず、弥次郎の二の太刀が、奥平の胸を襲った。突きである。通常、居合は実戦の場で突き技をあまり遣わない。そこで、攻撃の流れがとまるからである。弥次郎はとどめのつもりで、奥平の胸を突いたのだ。

ふたりの体が密着し、切っ先が背から抜けていた。奥平は呻き声を上げながら、何かを探すように視線をめぐらせていたが、弥次郎が身を引きながら刀身を抜くと、胸を押さえてその場に膝を折った。押さえた手の指の間から血が流れ出ている。

「うぬが、影蝶か」

そばに歩を寄せた唐十郎が訊いた。

奥平は苦しそうに顔をゆがめていたが、ふいに口元に嗤《わら》いを浮かべ、

「お、おれは、偽蝶《ぎちょう》」

そうつぶやくと、前につっ伏し、そのまま動かなくなった。

伏臥《ふくが》した奥平の胸のあたりから、血が地面を這うように筋状にひろがっていく。

「偽蝶とは……」

唐十郎には分からなかった。ただ、影蝶でないことはたしかなようだ。

となると、影蝶は何者で、どこにひそんでいるのであろう。唐十郎の胸にあらたな疑念がわいた。

「狩谷さま、屋敷内にまだ敵がいるかもしれませぬ」

後ろにいた圭江が顔をこわばらせていい、裏口へ走った。

「弥次郎、助造を頼む」

そういい置くと、唐十郎は屋敷内に踏み込んだ。

屋敷内の闇は濃かった。ただ、わずかな明かりはあった。月光で障子が明らんでいたこ

とにくわえ、奥の座敷に灯明が点《とも》っているらしく、廊下からわずかなひかりが射していたからだ。そこは台所で、廊下の左右が座敷になっているらしい。灯明は右手の座敷から洩れていた。

圭江は右手に小刀を持ち、廊下を上がろうとしていた。

「圭江どの、待たれい」

唐十郎が声をかけたが、圭江は障子をあけて、明かりの点っている右手の座敷の障子をあけた。唐十郎の声はとどかなかったらしい。

ギャッ、という絶叫がひびいた。

唐十郎は、闇のなかを手で探りながらいそいで右手の座敷へ踏み込んだ。

行灯《あんどん》の淡いひかりのなかに、血塗れた小刀を手にした圭江が立っていた。その足元に、武士がひとりつっ伏している。武士は右手に刀をにぎっていた。倒れた武士の周辺の畳が血に染まっている。

「こ、この男が、突然、わたしを……」

圭江は声を震わせていった。

顔が蒼ざめ、目はつり上がっていた。般若《はんにゃ》を思わせるような凄愴《せいそう》な顔である。手にした小刀の切っ先が笑うように震えている。

「圭江どの、ともかく、表へ」

唐十郎は圭江の肩に手をまわし、かかえるようにして屋敷の外へ連れ出した。まだ、屋敷内には敵がひそんでいるかもしれない。暗闇のなかを動きまわるのは危険だった。

外へ出ると、弥次郎、助造、咲の三人が待っていた。弥次郎によると、助太刀することもなく、助造は敵のひとりを斃したという。

それから、唐十郎と弥次郎とで、屋敷内をひとまわりしたが、残っている敵の姿はなかった。咲によると、下働きの老爺がいたはずだというが、屋敷内の斬り合いに気付いて逃げ出したのだろう。なお、咲によると、圭江が手にかけた武士が屋敷の管理をしていた田崎だという。唐十郎を土蔵のなかにとじこめたのは、田崎であろう。

「長居は無用」

唐十郎は歩きだした。これ以上、この藩邸にとどまる必要はなかったのである。

5

庭の樫《かし》の木で蝉が鳴いていた。夕陽が夏草の繁茂した庭を淡い茜色に染めている。庭の石仏のほとんどは、草に埋まって姿を隠している。

夕暮れどきの心地好い風が吹いていた。辺りは森閑として、蝉の鳴き声が妙にはっきりと聞こえてくる。

唐十郎は縁先で、茶碗酒を飲んでいた。高輪の奥江藩の藩邸で奥平たちを討って、五日経っていた。

——影蝶とは、何者であろう。

唐十郎は頭のなかで反芻《はんすう》していた。奥平が影蝶でないことははっきりしたが、唐十郎の前にあらわれた門閥派の藩士のなかにそれと思われる者はいなかった。大隅が影蝶とも考えたが、膂力《りょりょく》にまかせ薙刀や胴田貫を振りまわす男が、首だけを狙って相手を斃すような剣を遣うとは思えなかった。あるいは、すでに唐十郎たちが斃した門閥派の藩士のなかに影蝶はいたのかもしれないという気もした。

だが、それから半刻（一時間）ほどして、唐十郎の疑念はさらに深まることになった。

庭が夕闇につつまれ始めたころ、道場にいた助造が走ってきて、

「お師匠、桑山さまが見えてます」

と、伝えた。

すぐに行ってみると、桑山がこわばった顔で端座していた。何かあったらしい。

「どうした」

唐十郎が、桑山の前に腰を下ろして訊いた。

「斬られました、馬場が」

桑山は悲痛な顔をしていった。

「なに、斬られた。相手は大隅か」

そのとき、唐十郎の頭に浮かんだのは、大隅の巨軀だった。

「影蝶です。馬場は首を横に斬られていました。それに、大隅は馬場が斬られたとき、小西の供で柳橋に行っていたようなのです」

桑山によると、馬場は京橋にある下屋敷付近をひとりで歩いているとき、斬られたらしいという。

「やはり、本物の蝶はどこかにひそんでいるようだな」

大隅でないことも、はっきりした。

「何とか、影蝶を斬っていただきたいのですが……」

桑山は語尾を呑み込んだ。影蝶の正体が知れないことには、唐十郎たちにも手の打ちようがない、そのことは桑山にも分かっているのだ。

「門閥派で、大隅のほかに腕の立つ者は？」

唐十郎が訊いた。影蝶は門閥派の藩士のなかにいるはずである。

「ほかには、千石と宇田川ですが」

「うむ……」

千石寅之助と宇田川伊太夫のことは、すでに桑山から聞いていた。ふたりとも北辰一刀流の遣い手ということだった。

江戸で北辰一刀流を学んだ者が、首だけを横一文字に斬る特殊な剣を遣うとは思えなかった。

ただ、こうなると、ふたりのうちどちらかが、自己流で首を斬る必殺剣を編み出したと考えられなくもない。唐十郎自身も、霞飛燕《かすみひえん》という秘剣を独自に工夫し身につけていたのである。

「千石と宇田川は、いまどこにいる」

「ふだんは、愛宕下の上屋敷におりますが、小西が出かけるときは警護として供につくことが多いようです」

「すると、小西の供には大隅、千石、宇田川の三人がついているのか」

「いえ、さすがに、その三人を連れていくことはすくないようです。大隅はいつも従っていますが、千石と宇田川はどちらかが供につき、ひとりは屋敷にとどまっているようです」

それにしても、小西は用心深い男のようである。

「ところで、そこもとたちは小西を襲ったのか」

弥次郎が、佐久間たちに襲撃する真似だけでもしたらどうかといい、佐久間たちがその気になっていたという話を、唐十郎は弥次郎から聞いていた。

「はい、柳橋の帰りに神田川沿いの柳原通りで小西を襲いました。もっとも、刀も抜かずにすぐに逃げ出しましたが」

桑山は苦笑いを浮かべ、その後、小西の供に大隅、千石、宇田川の三人がつくようになったのです、といい添えた。

「それで、高輪の藩邸に大隅がいなかったのだな」

唐十郎は、咲や弥次郎たちが押し入ったとき、藩邸が手薄だったわけを知った。

「このままでは、また、ひとり、ふたりと同志が斬られます。何とか、ならないでしょうか」

桑山は苦渋の顔をしていった。

「こちらから打つ手はひとつだけだな」

「手がありますか」

桑山が身を乗り出した。

「実際に小西を襲い、大隅たちを斬るのだ」

「ご家老を……」

「小西を斬るかどうかは、おぬしたちにまかせる。おれたちは、大隅、千石、宇田川を斬るだけだ」

唐十郎が佐久間たちから受けた依頼は、影蝶をはじめとする門閥派の刺客の斬殺である。小西は敵の首魁《しゅかい》だが、あくまでも藩の騒動にかかわってのことであり、唐十郎の関与することではなかった。

「われらも、腹をかためねばならぬようです」

桑山はけわしい顔をしてうなずいた。

「日中、家老の一行を襲うことはできまい。やはり、料理屋の帰りでも狙うしかないだろう。小西が大垣屋と会うために、屋敷を出たら知らせてくれ」

「分かりました」

それから桑山は小半刻（三十分）ほど話し、唐十郎にちいさく頭を下げて腰を上げた。

翌日、唐十郎は、弥次郎と助造に大隅たちを討つために機会をとらえて小西の一行を襲うことを話した。弥次郎も助造も驚かなかった。予期していたようである。

さらに、唐十郎は咲とも会った。

「咲、場合によると、佐久間たちが江戸家老の小西を斬るかもしれんぞ」

唐十郎は、奥江藩を内偵している咲に小西のことだけは伝えておきたかったのである。それというのも、小西を斬れば、奥江藩は大きく動き、佐久間たち改革派が実権をにぎる可能性が強くなるのだ。

「かまいませぬ。すでに、国家老の梅田と江戸家老の小西は、藩の蔵元と癒着し多額の賄賂を得て、私腹を肥やすために藩政を動かしていたことが分かっております。このことは伊勢守さまにも報らせてありますので、腐敗を一掃するためにはやむをえない処置と思われるはずです」

「そうか」

「ただ、改革派が藩政を掌握した後、過激な尊王攘夷論をふりかざし、公儀に矛先《ほこさき》をむけるようなことになれば、咲は佐久間どのや桑山どのの敵にまわらねばなりませぬ」

咲は感情を抑えた抑揚のない声でいった。伊賀者組頭として、話しているのである。

「そのときは、お上から金をもらい、佐久間や桑山の始末を引き受けよう」

唐十郎は苦笑いを浮かべていった。

「それで、唐十郎さま、影蝶の正体は？」

咲が声をひそめて訊いた。咲には、高輪の藩邸で弥次郎が斬った奥平が自ら偽蝶と口にし、偽者だったことを話してあった。

「まだ、分からぬ。まさに、影にひそんだまま姿をあらわさぬ」

「何者でございましょう」

咲が眉宇《びう》を寄せた。咲も気になっているようである。

「われらの目に触れてはいるはずだが」

だれかは分からぬが、いままでの門閥派との戦いのなかにくわわっていたはずである。

## 6

一月ほど過ぎた。この間、桑山から小西が大隅たちを連れて上屋敷を出たという知らせはなかった。佐久間たちに一度襲われ、高輪の藩邸でも奥平たちが斬殺されたことを聞いて用心しているのかもしれない。ただ、ときおり、桑山は道場にあらわれ、藩内の動きを知らせてくれた。それによると、江戸ではたいした変化はないが、国許では改革派の勢力がさらに増し、藩主成康《なりやす》も改革派の意見を聞き入れるようになったそうである。

「しかし、梅田や小西は巻き返しをはかっているらしく、栄進や金を餌《えさ》にして自派をかためるとともに、中立的な立場の家臣を引き入れようと盛んに動いているようです」

さらに、桑山は、

「佐久間さまは、いま、敵の首魁のひとりである小西を討てば、門閥派は一気にくずれるはずだとおおせらせています」

と、けわしい顔でいい添えた。

どうやら、佐久間たちは本気で小西を討つ気になっているようである。

それから五日後、桑山が慌てた様子で道場に駆け込んできた。よほど急いで来たと見え、顔を赤くし荒い息を吐きながらいった。

「狩谷どの、小西が上屋敷を出ました」

「出たか、で、行き先は？」

「柳橋の料理屋、繁田《しげた》屋のようです」

桑山によると、愛宕下の上屋敷を駕籠で出た小西は日本橋から神田を通り、柳橋の方へむかったという。桑山たち改革派の藩士三人が駕籠の跡を尾け、神田川沿いの道を柳橋の方にむかうのを確認してから、桑山は唐十郎の許へ、他のふたりは味方のいる上屋敷と下屋敷へ知らせに走ったという。なお、繁田屋は小西が大垣屋と密会に使う料理屋だそうである。

「それで、駕籠の供は」

唐十郎が訊いた。

「大隅と千石、それに門閥派の藩士が三人。後は駕籠かきだけです」

「それで、佐久間どのたちは、小西を討つつもりなのか」

「はい、そのつもりで、佐久間さま以下七人、集まることになっております」

桑山は昂ったような口吻《こうふん》でいった。桑山もその襲撃にくわわるのだろう、目が異様にひかっている。これまでの斬り合いの経験を経て、桑山の表情にも凄みがくわわっていた。

「分かった。大隅と千石はわれらが討とう」

そのとき、唐十郎の脳裏に影蝶のことがよぎった。千石か、あるいは供の三人の藩士のなかにまぎれ込んでいるか、いずれにしろその場に臨めば、はっきりするだろう。

　唐十郎はすぐに助造を弥次郎の許に走らせた。弥次郎の住居は神田相生町なので、道場からはすぐである。

「では、狩谷どの、和泉橋のたもとで」

　そういい残して、あわただしく桑山は道場を出ていった。小西たちを柳橋の帰りに襲うときは、神田川にかかる和泉橋で落ち合うことになっていたのである。

　唐十郎は祐広の目釘を確かめ、足元だけ武者草鞋でかためた。弥次郎と助造も特別な身《み》拵《ごしら》えはしなかった。唐十郎と同じように足元をかためただけで道場を出た。

　道場を出ていっとき歩くと、暮れ六ッ（午後六時）を知らせる石町《こく》の鐘が鳴った。道場のある松永町から和泉橋はちかい。すぐに、前方に和泉橋が見えてきた。まだ、人通りはかなりあった。夕闇にせかされるように出職の職人や風呂敷包みを背負った店者などが足早に行き来している。

「若先生、あそこに」

　弥次郎が指差した橋のたもとに、数人の武士の姿があった。佐久間たちのようである。それぞれ、すこし間を置き、神田川に目をやったり、通りを眺めたり、所在なさそうに立っていた。人目を引かぬよう気を使っているらしい。

　唐十郎たち三人は、川岸の柳の樹陰に立っている佐久間のそばに近寄った。数間離れた場所にいた桑山も歩を寄せてきた。

唐十郎が佐久間と目を合わせると、ちいさくうなずき、

「かたじけない」と、小声でいった。

「小西たちは」

唐十郎が訊いた。

「まだです。赤松《あかまつ》と山名《やまな》が、繁田屋のちかくで見張っており、店を出ればすぐに知らせる手筈になっております」

佐久間によると、赤松と山名は最近上府してきた八人のうちのふたりだという。そういわれて見れば、橋の欄干に手を置いて、水面に目をやっている武士と川岸ちかくに立っている武士も仲間らしかったが、初めてみる顔だった。

「ここは目につきます。どうです、そろそろ待ち伏せる場所に動いたら」

弥次郎が脇《わき》から口を挟んだ。柳橋から日本橋方面にむかうには、柳橋を渡り両国広小路へ出て、神田横山町《よこやま》、大伝馬町《おおでんま》とたどって日本橋へ出るのが近い。おそらく、小西たちもその道筋を通ると思われたので、横山町の寂しい路地で待ち伏せて襲うか、人通りがあれば、しばらく跡を尾けて別の場所で襲う手筈になっていた。

「そうしよう」

佐久間はそういって、そばにいた桑山にうなずいて見せた。

すると、桑山はそれぞれ離れた場所に立っていた同志に知らせ、すぐに橋を渡った。まだ、残照があり空は明るかったが、物陰や家並の軒下などには夕闇が忍んできていた。通りの人影もだいぶ少なくなっている。

唐十郎たちは、柳原通りを両国方面に少し歩き、右手におれて豊島町の路地に入った。通りが急に狭くなり、夕闇が増したような気がした。通りに人影がすくなくなったのを見て、佐久間の後ろを歩いていた唐十郎たちに、あらたに上府してきた藩士が三人近付いてきた。そして、それぞれ平永《ひらなが》、町田《まちだ》、亀井《かめい》と名乗った。すでに、佐久間から唐十郎たち三人のことは知らされているのだろう、特に話しかける者はなく、一言挨拶しただけで離れていった。

「この辺りがいいかと、見当をつけておきました」

横山町の路地をしばらく歩いてから、佐久間が足をとめていった。

なるほど寂しい通りだった。道の両側は表店が並んでいたがすでに板戸をしめ、ひっそりとしていた。日中はかなりの人通りがあるのだろうが、いまはほとんど人影もない。さらに暗くなれば、通行人の姿はなくなるかもしれない。

「はたして、小西がこの通りを使うかだな」

柳橋から日本橋方面に向かうには、いくつもの道がある。小西たちがこの通りを使うかどうかは分からなかった。

「ともかく、ここへ知らせに来ることになっておりますので」

佐久間が他の藩士にも聞こえるような声でいった。

唐十郎と佐久間たちは、何箇所かに分かれて路傍の樹陰や町家の板塀の陰に身を隠した。

辺りは、だいぶ暗くなってきた。まだ、空に青さが残っていたが、軒下や物陰は夜陰につつまれ始めていた。通りは静かで、人影はない。東の空に、鬼灯《ほおずき》玉を浮かべたような月が出ていた。どこからか、犬の遠吠《とおぼ》えが聞こえてくる。

「来ました」

桑山が声を抑えていい、近くの天水桶の陰から通りへ出た。

見ると、裁着袴姿の武士が、小走りにこちらへむかってくる。見張り役らしい。

「小西が、駕籠で繁田屋を出ました」

「それで、道筋は？」

近付いた佐久間が訊いた。

「拙者、柳橋を渡ったところまで確認し、知らせに走りました。後は桃井《ももい》が」

桃井というのは、もうひとりの見張り役だと桑山が唐十郎に耳打ちしてくれた。

「まだ、ここを通るか、はっきりせぬな。もうすこし、待とう」

佐久間がそういうと、他の藩士たちは、また通りから物陰に移って身を隠した。

待つまでもなく、すぐにもうひとりの見張り役である桃井が走ってきた。

「来ます、小西たちが！」

桃井は近付いた藩士たちにも聞こえるような声でいった。

「道筋は？」

佐久間が念を押すように訊いた。

「この道です」

7

通りの先に、小田原提灯の灯《ひ》が見えた。月明かりで、それほど暗くはなかったが、駕籠の周囲に数人の人影がぼんやり識別できるだけである。足音がひびき、しだいに提灯の灯が近付いてくる。

唐十郎は袴の股立を取った。弥次郎と助造も股立を取ると、すばやく細い紐《ひも》で襷《たすき》をかけた。弥次郎は平静だったが、助造はいくぶん緊張しているらしく顔がこわばっていた。ただ、以前奥州街道で襲撃したときほどではない。その後、高輪の藩邸でもひとり斬っているし、いくぶん斬り合いに慣れたようである。

「大隅はおれが斬る。弥次郎は、千石寅之助を頼む」

唐十郎がいうと、弥次郎が、

「心得ました」

といって、ちいさくうなずいた。

「助造は、後ろから敵のなかに妙な構えをする者がいないか、見ていてくれ」

唐十郎は、影蝶が気になっていた。大隅と千石の他に、影蝶がまぎれているかもしれないのだ。唐十郎がそのことを話すと、後ろで見ていろといわれて不満そうな顔をしていた助造も納得したらしく、顔をひきしめてうなずいた。

駕籠の前に三人、後ろにふたり警護の武士がいた。駕籠の前にいる巨漢が大隅である。駕籠が半町ほどに近付いたとき、唐十郎と弥次郎は通りのなかほどに進み出て、行く手をふさぐように立った。助造はふたりの後ろについた。こうすれば、大隅と千石がむかってくるだろうと読んだのである。そして、ふたりが駕籠を離れた隙に、佐久間たちが道の両側から飛び出して駕籠の小西を襲う手筈になっていた。

「狼藉《ろうぜき》者でござる！」

駕籠の前にいたひとりが声を上げた。

すると、駕籠をその場に下ろし、大隅ともうひとりが前に進み出、残った三人が駕籠の周囲を取りかこむように立った。うろたえた様子は微塵《みじん》もない。駕籠かきも逃げなかった。先棒と後棒の下に屈み込んでいる。おそらく、襲撃を予想し、そのときどう駕籠の主を守るか決めてあったのだろう。

「三人だけか」

大隅の仁王のような顔が月光に浮かび上がった。唐十郎を見つめた双眸が、猛獣を思わせるように炯々《けいけい》とひかっている。

「大隅、うぬの相手はおれだ」

唐十郎が、大隅と対峙するように立った。

もうひとり、大隅の脇にいた長身の男が大隅との間を取って、弥次郎の前にまわり込んできた。

「おれの名は本間弥次郎、うぬは」

弥次郎が誰何した。

「千石寅之助だ」

予想どおり千石だった。

千石は抜刀し、切っ先を弥次郎にむけた。手練らしく、腰がどっしりと据わっている。

そのとき、道の両側の物陰から七つの人影が駕籠にむかって飛び出した。佐久間たち七人である。いつそうしたのか、七人は覆面で顔を隠していた。袴の股立を取り、襷で両袖を絞り、抜き身をひっ提《さ》げていた。無言だが、いずれも目をつり上げ必死の形相で駆け寄っていく。

「敵だ！　大勢いる」

駕籠のまわりにいたひとりが、ひき攣《つ》ったような声を上げた。

三人は刀を抜き、駕籠を守るように身構えた。ふたりの駕籠かきは、震えながら棒の下に屈み込んでいる。

「歯向かえば、斬るぞ！」

佐久間が恫喝《どうかつ》するように声を荒らげていった。

「うぬら、佐久間たちだな。ご家老に手出しいたさば、切腹ぐらいではすまぬぞ」

駕籠の脇にいた小柄な男が、うわずった声でいった。

「誅伐でござる！」

叫びざま、桑山が小柄な男に斬りかかった。

腰が引け、手だけ突き出したような斬撃だった。小柄な男は難なくその斬撃をはじいた
が、興奮で身が固くなっていたのだろう。体がよろけ、桑山に二の太刀がふるえなかっ
た。桑山も刀をはじかれた拍子に大きく体勢がくずれ、脇にいた仲間に肩が触れるほど体
が泳いだ。

「斬れ、ご家老を！」

佐久間が声を上げ、他の六人がいっせいに斬りかかった。

駕籠を守っていたひとりが、

「ご家老、お逃げください！　敵は多勢です」

と、叫んだ。このままでは守りきれず、駕籠の外から刀で突かれると防ぎようがないと思ったのであろう。

駕籠から初老の男が、顔を出した。眉の濃い見覚えのある小西である。顔が恐怖にひき攣り、体が激しく顫《ふる》えていた。何か喚き声を上げたが、何をいっているか聞き取れなかった。駕籠のまわりにいた三人が、すばやく小西のまわりを取りかこみ、切っ先を襲撃者たちにむけながら、囲みの手薄な両国の方へ逃げだした。

「逃がすな！　討ち取れ」

佐久間が激しい声で叫ぶと、桑山たち六人が交互に斬りかかった。

激しい斬り合いが始まった。ただ、佐久間たち七人は人数の上では圧倒的に優勢だったが、斬り合いの経験者はすくないらしく、腰が引けて腕だけで斬りかかることが多く、相手に深手をあたえられない。

双方とも、傷を負った。ある者は斬り込んだとき、敵の刀が当たって指を切断され、ある者は腕をえぐられ、またある者は頭上への斬撃をよけそこなって、肩先を斬られた。だが、逃げる者はいなかった。狂乱したように甲走った声を上げ、目をつり上げて斬りかかっていく。

唐十郎は大隅と対峙していた。

大隅は駕籠に走り寄る佐久間たちに気付くと、駆けもどろうとした。だが、すでに唐十郎が抜刀体勢を取り、居合腰に沈めているのを見て、思いとどまった。反転した瞬間をとらえて、唐十郎が抜きつけると察知したからである。

「うぬを斬るのが、先のようだな」

そういって、大隅は抜刀した。

胴田貫の剛刀が月光ににぶくひかった。大隅は八相に構えた。両肘を高く上げ、刀身を垂直にたてた切っ先で天空を突くような大きな構えである。八相は木《もく》の構えともいわれるが、巨軀でしかも大きく刀身をかかげた構えはまさに大樹のようであった。

「うぬのような手練が、なにゆえ刺客になった」

唐十郎が訊いた。

「武芸者が己の腕で身を立てようとするのは、当然のことだ」

大隅は平然といった。

「そうだな」

唐十郎も似たようなものだった。やはり武芸者の家に生まれ、人を斬って生きてきたのである。

唐十郎は通常の抜きつけより一歩遠間にとった。全身に気魄を込め、抜刀の機を狙っている。

――鬼哭の剣で仕留める。

唐十郎は、大隅が着込みで身をかためていることを知っていた。飛び込みざま首筋の血《ち》管《くだ》を斬る鬼哭の剣でなければ斃《たお》せないだろう。

大隅が趾《あしゆび》を這うようにして、ジリジリと間合をせばめてきた。一足一刀の間境に足を踏み入れようとしているのだ。

唐十郎は気を鎮め、鬼哭の剣の抜刀の機をうかがった。鬼哭の剣は飛び込みながら上半身を前に倒し、片手斬りで膝を伸ばすため、二尺一寸七分の祐広の切っ先が四尺もある刀身と同じように前に伸びる。したがって、通常の抜きつけより、一歩遠間から仕掛けられるのだ。

大隅がしだいに迫ってきた。

大隅の右足が唐十郎の抜きつけの間境に踏み込んだ刹那、フッ、と肩先を沈めて、唐十郎が抜刀の気配を見せた。

次の瞬間、大隅から夜気を裂くような剣気が疾《はし》った。

刹那、両者の体がほぼ同時に躍《おど》った。

イヤアッ！

タアッ！

裂帛の気合が交差し、二筋の閃光がするどい弧を描いた。

大隅の刀身が八相から、唐十郎の頭上に伸びる。が、この太刀筋を見切っていた唐十郎は体をひねってかわしざま抜きつけ、肘を伸ばして切っ先で大隅の首筋を刎《は》ねた。

大隅の切っ先は唐十郎の着物の胸を裂いたが、肌まではとどかず、空を切って流れた。

一方、唐十郎の切っ先は大隅の首の血管を斬っていた。

一瞬の動きだった。おそらく、常人の目には唐十郎が抜刀しざま前に跳んだと見えただけで、その太刀捌きは分からなかっただろう。

ふたりは交差し、三間ほど走って足をとめた。唐十郎はすぐに反転し、構えをとったが、大隅はのけぞった格好のまま動きをとめた。

大隅の首から血が噴いていた。

ヒュウ、ヒュウと音をたてて、二、三尺も血が疾るように噴き上がる。その物悲しい音が、鬼哭のように聞こえた。

いっとき大隅は佇立《ちよりつ》したまま血を撒いていたが、グラッと体が揺れると、巨木でも倒れるように地響きをたてて転倒した。

8

千石は下段に構えた。長身だが腰を沈め、切っ先を地につけるように低く構えている。千石は足裏を擦るようにして、ジリジリと間合をせばめてきた。下から突き上げてくるような異様な威圧がある。

——できる！

なかなかの遣い手だった。

弥次郎は全身に気勢をみなぎらせ、敵との間合を読みながら抜刀の機をうかがっている。

この男には、抜きつけの一刀が勝負だと思っていた。抜き合わせてしまったら、敵に利がある。

弥次郎は、稲妻を遣うつもりだった。通常、稲妻は上段や八相に構えた相手の胴を狙って抜きつける技だが、弥次郎は千石の右の膝先を狙うつもりだった。下段に構えた千石の刀身が浮いた瞬間をとらえて、抜きつけるのである。

千石との間がつまってきた。弥次郎は居合腰に沈め、稲妻をふるえる間に千石が踏み込むのを待っている。

千石の右の爪先が、つ、と前に出て、抜刀の間境《まざかい》を越えた。

刹那、弥次郎が抜きつけた。気合を発しなかった。一瞬、弥次郎の全身から鋭い剣気が疾り、体がやや沈んだように見えただけである。

次の瞬間、シャッ、と鞘走る音がひびき、閃光が低く水平に伸びた。

千石が弥次郎の剣気に反応して斬り込もうと刀身を振り上げた、その刀身の下を弥次郎の切っ先が疾った。

骨肉を断つ音がし、ガクッと千石の右膝が落ちた。弥次郎の抜きつけの一刀が、千石の右足の脛《すね》のあたりを切断したのだ。まさに稲妻のような鋭い斬撃である。

千石は、ギャッ、と叫び、後じさろうとしたが、片足がつけず体勢をくずして尻餅をついた。そこへ、弥次郎が踏み込んで、首筋へ斬り下ろした。

千石の首が前に落ち、首根から血を噴出させながら体は後ろに倒れた。千石は仰向けに倒れたまま動かなかった。血の噴出音だけが聞こえる。

「弥次郎、片付いたな」

唐十郎が近付くと、背後から助造が走り寄ってきた。唐十郎と弥次郎の腕の冴《さ》えに驚嘆したらしく、目を剝いている。

「助造、影蝶らしき者はいたか」

唐十郎が訊いた。やはり、大隅や千石が影蝶とは思えなかった。

「駕籠を警護していたなかに、変わった構えや動きをする者はいませんでしたが」

そういって、助造は通りの先の方に目をやった。

駕籠はそばに置いてあったが、ちかくに人影はなかった。一町ほど先の夜陰のなかで、黒い人影が入り乱れ、剣戟の音がひびいていた。佐久間たちと護衛の者たちの斬り合いはまだつづいていた。


ひとり、路傍に倒れていた。小西の護衛についていた藩士である。肩口から背中にかけて肉がひらき、鎖骨が覗いていた。着物の背中はどっぷりと血を吸って真っ赤に染まっている。もうひとり、尻餅をついたままの格好で腹を押さえ、呻き声を上げている男がいた。改革派のひとり、亀井である。敵刃に腹を裂かれたようだ。

通りのなかほどで、大柄な男がひとり血まみれになって刀をふるっていた。小西を逃がすために、佐久間たちをひとりで食いとめているようだ。その男の後ろを、護衛のひとりに守られ、小西が苦しそうにヒイヒイ喉を鳴らしながら逃げていく。小西は右腕を斬られたらしく、垂れ下がったままだった。

「逃がすな！　追え」

佐久間が声を上げた。

その声に、桑山たち三人の藩士が佐久間の後につづいて、小西を追おうとした。行かせまいと、大柄な男が先頭の佐久間に斬りかかる。

大柄な男は佐久間の斬撃をはじき、さらに脇から斬りつけてきた桃井の刀身をかわしざま、肩口へ斬撃をあびせた。肩口を斬られ桃井は絶叫を上げて後じさった。

なかなかの手練である。佐久間たちは、なかなかそこを通れなかった。すでに、通りの前方に小西の姿は見えなかった。どこかの路地をまがったらしい。

改革派のひとりが斬りつけ、その斬撃を受けようとして背を見せた大柄な男へ、

「死ね！」

叫びざま、桑山が体から突き当たるように男の背後へ斬りつけた。

肩の肉が裂け、鎖骨が砕けた。血が噴き、首がかしいでいる。大柄な男は絶叫を上げてよろめき、前につんのめるように倒れた。

桑山は血刀をひっ提げたまま呆然《ぼうぜん》とその場につっ立ち、ハア、ハアと荒い息を吐いた。返り血を浴びた顔がひき攣《つ》っている。

佐久間たち四人が慌てて小西を追い、後から桑山も追いかけた。だが、小西と護衛ひとりの姿は、見当たらなかった。どこか、狭い路地をまがったらしい。どの路地も夜陰につつまれ、洩れてくる灯もなく寝静まっている。通りの両側には、細く暗い路地がいくつもあった。佐久間たちは表通りを走りながら路地を覗いたが、どこにも小西たちの姿がない。ここはと思われる路地はなかへ走り込んで探したが、やはり見つからない。

「佐久間さま、上屋敷にもどったのでは」

藩士のひとりがそういいだした。

「よし、二手に分かれよう」

佐久間は、桑山とふたりの藩士にこの辺りを探すよう頼み、自分は別の藩士ひとりを連れて上屋敷のある愛宕下へもどった。

佐久間たちは夜明けちかくまで探しまわったが、結局小西は見つからなかった。

佐久間たちが愛宕下ちかくへもどったとき、すでに小西は上屋敷内に逃げ込んでいたのである。

# 第六章　悲　蝶

1

道場に甲高い気合がひびいていた。圭江と助造が、小太刀の稽古をしている。ふたりはほぼ互角だった。居合を遣えば助造の方がかなり上だが、小太刀なら、圭江も互角に打ち合えるようだ。

戸は開け放たれ、道場内には秋の気配を感じさせる冷気をふくんだ風が流れ込んでいた。弥次郎は正面に端座してふたりの稽古を見ていたが、唐十郎は柱に背をもたせかけ、ぼんやりと庭先に目をむけていた。

その唐十郎の視界に、枝折《しお》り戸を押して入ってくる人影が映った。咲である。武家娘の姿で、風呂敷包みをかかえていた。母屋の方に来るようだ。

唐十郎はかたわらに立て掛けてあった祐広を手にして立ち上がった。

「咲、おれがいると、よく分かったな」

唐十郎は縁先で待っていた咲のそばに腰を下ろした。

「ここに来る前、庭に目をむけている唐十郎さまのお姿を目にしましたから」

微笑みながらそういうと、咲は縁先に風呂敷包みを置いて解いた。

なかに着物が入っていた。縞柄《しまがら》の袷《あわせ》である。唐十郎のために、あつらえてくれたのだろう。

「身丈《みたけ》を見ますから、そこに立ってください」

咲はそういうと、下駄を脱いで縁側に上がった。

唐十郎がいわれたとおり背筋を伸ばして立つと、咲は背中に着物を合わせ、

「ちょうどいいようです。……よかった」

といって、その場に座り着物をたたみだした。

そういう咲の仕草を見ていると、武家の若妻のようである。伊賀者を束ねている組頭には見えない。

「咲、奥江藩の動きはどうだ」

唐十郎が庭に目をやりながら訊いた。

佐久間たちとともに小西たち一行を襲撃してから、半月ほど過ぎていた。藩内の騒動はともかく、唐十郎は影蝶のことが気になっていた。大隅と千石は斬ったが、影蝶はまだどこかに姿を隠し、佐久間たちの命を狙っているような気がしていたのである。

「神田で、唐十郎さまたちが斬り合ったことは、公儀に手をまわし藩の内済にしたようです」

咲によると、斬り合った翌朝、小西の指示で上屋敷の藩士が大勢出かけ、死体を引き取ったり武器を拾い集めたりして、その場を片付けたという。

当初、町方の同心が検屍をやろうとしたが、藩士たちが、藩の屋敷内から逃げた罪人を討ち取ったゆえ手出し無用、と検屍や探索を拒否したという。当然である。いかなる理由があろうと、将軍のお膝元の江戸市中で大勢で斬り合ったという事実がおおやけになれば、奥江藩の存続すらあやうくなる。奥江藩としては、内済として処理できるよう、すぐに幕閣に手をまわしたにちがいない。幕府も、黒船や相次ぐ異国船の来航などで未曾有の国難に直面しているおりだけに、あらたな面倒をかかえ込むことを嫌い、奥江藩の言い分を呑んだのであろう。

「死者は六人だそうでございます」

咲が名を上げた者は、敵側が、大隅、千石、それに駕籠の周囲にいて小西を守ったふたり、味方は、亀井と見張り役だった桃井だった。それに怪我人もいた。小西は右腕を失って重傷だったたし、指を斬り落とされた者、腕や肩先などを斬られた者が何人かいたそうである。

「それで、小西を屋敷に連れもどった男は」

小西以外に生き残ったのは、その男だけだった。もし、影蝶が一行のなかにいたとすれば、その男ということになる。

「溝口孫一郎《みぞぐちまごいちろう》という藩士で、なかなかの遣い手のようです」

「どんな剣を遣う男だ」

「そこまでは分かりませぬ。小柄な男で、歳は二十四、五と見ましたが」

咲は着物をたたみ終わり、お茶でも淹《い》れましょうか、と声をかけた。

「いや、いい。……ところで、咲は今後どうする。まだ、奥江藩の探索をつづけるのか」

「はい、これから藩政がどう動くか見た上で伊勢守さまに報告し、ご判断をあおぐことになりましょう」

咲は抑揚のない声でいった。伊賀者組頭として、阿部の命にしたがうしかない、ということらしい。

その日、唐十郎は咲を抱かなかった。咲も持参した袷を箪笥《たんす》にしまうと、すぐに腰を上げた。

それから三日ほどして、道場に佐久間と桑山が姿を見せた。ふたりとも、牢人体に姿を変え、深編み笠で顔を隠していた。小西を襲撃してから、また姿を隠しているという。

「狩谷どののお蔭《かげ》で、藩内の情勢がだいぶ変わってきました」

佐久間の顔には、自信に満ちた表情があった。

当初、小西を討ち損じたことで、改革派に対する弾圧が強まるのではないかと危惧したそうだが、小西は強い反撃に出なかったという。

それというのも、小西自身が重傷で先頭に立って指図することができなかったからだそうである。

「それに、ちかごろ江戸においても門閥派を見る目が変わってきました。重臣のなかにも小西から距離を置き、改革派を擁護する者が増えてきたのです」

その大きな理由が、大隅以下小西の命で動いていた刺客の多くが討ち取られ、小西を恐れる気持ちが払拭《ふっしょく》されたからだという。

「われらが藩にもどれるのも、そう遠くないと見ております。これも、狩谷どのたちが大隅たちを討ち取ってくれたお蔭でござる」

佐久間はもう一度、礼の言葉を口にした。

「だが、肝心なのがひとり残っていよう」

「影蝶でござるか」

「そうだ」

「正体が知れぬことには、狩谷どのにもどうにもならぬでしょう。それに、襲撃のおりに討ち取った者のなかに影蝶がいたかもしれませぬ」

「うむ……」

唐十郎は、影蝶はまだどこかにひそんでいて佐久間たち改革派の命を狙っているような気がしていた。

「いずれにしろ、正体が知れましたら、お報らせに上がります」

そういって、佐久間は腰を上げた。

佐久間と桑山が道場を出ようとすると、ちょうど着替えの間から顔を出した圭江が、ふたりに頭を下げ、

「先日は、何もお役に立てずもうしわけございませぬ」

と、恐縮したようにいった。小西の襲撃のおり、仲間にくわわらなかったことをいっているらしい。たびかさなる戦闘が影を落としているのか、圭江の顔は冴えなかった。いくぶん痩せたのか頬が窪み、思いつめたような目をしていた。

「いや、気にすることはない。圭江どのには、またの機会に手を貸していただこう」

いたわるようにいうと、佐久間は桑山と連れ立って道場を出ていった。

2

その日の夕方、思いも寄らぬことが起こった。桑山が血相を変えて道場に飛び込んで来て、唐十郎の顔を見るなり、

「佐久間さまが、斬られました！」

と、悲痛な声を上げた。

「どこだ」

さすがに、唐十郎も驚いた。道場内に居合わせた助造も、呆然として言葉を失ってい

る。


「元柳橋ちかくの大川端で」

桑山の顔が蒼ざめ、体が顫《ふる》えている。衝撃が大きかったようだ。

「すると、道場の帰りか」

「そのようです」

「まだ、死体はそこにあるのか」

「はい、平永と町田がついております」

「行ってみよう」

唐十郎と助造は、桑山とともに道場を出た。

道々、桑山が話したことによると、道場を出た後、桑山と佐久間は両国広小路で別れたという。桑山の潜伏先は京橋ちかくで町宿している改革派の藩士の許だったが、佐久間は行徳河岸《ぎょうとくがし》ちかくの借家に平永や町田とともに身を隠しており、大川沿いをたどった方が早かったからである。

その日、たまたま本所方面に出かけていた町田が、隠れ家にもどるために両国橋を渡り、大川端を行徳河岸の方へむかって歩いていると、元柳橋の先の武家屋敷のつづく通りで人だかりがしているのを目にした。何事かと覗いてみると、佐久間が倒れていたという。

町田は慌てて行徳河岸にもどり、平永に佐久間が斬殺されていたことを知らせた。町田はそのまま佐久間の死体のある元柳橋へ引き返し、平永が桑山の許へ知らせにきたのだという。

「せっ、拙者は、平永と元柳橋へ走り、佐久間さまであることを確認してから、ここへ駆け付けたのです」

桑山は足早に歩きながら話した。その声が、ときおり喉のつまったようにとぎれた。慟哭が胸を衝《つ》き上げてくるらしい。

「刀傷か」

「はい、それも喉を横一文字に」

「なに、すると、影蝶！」

唐十郎は背筋を冷たい物で撫ぜられたような気がした。やはり、影蝶は佐久間たちの命を狙っていたのである。

佐久間が殺されていたのは、大名の下屋敷や中屋敷のつづく大川端だった。左手が大川、右手は大名屋敷の長い築地塀のつづく通りで、人通りの少ない寂しい場所だった。

平永と町田の他に、十数人が死体をとりかこむように立っていた。通りかかった店者やぼてふりらしいが、岡っ引きらしい男の姿もあった。

唐十郎は人垣を分けて、倒れている佐久間のそばに近寄った。佐久間は右手に刀を持ち、つっ伏していた。首のあたりがどす黒い血に染まっている。

唐十郎は佐久間の肩先をつかんで、顔を起こして見た。

——これは！

喉を横に搔っ斬られ、頸骨が覗いていた。唐十郎の遣う鬼哭の剣とはまるでちがっていた。深くえぐるように斬ってある。佐久間は、一太刀で絶命したはずである。佐久間は何かに驚いたように目を見開き、歯を剝いたまま死んでいた。

「首の傷は、前に斬られた者も同じようだったのか」

唐十郎が、そばに立っている桑山に訊いた。

「は、はい、拙者が見たのも同じような傷でした」

桑山は声を震わせていった。

「うむ……」

恐ろしい剣だ、と唐十郎は思った。

首を狙って、これだけ深く斬るのは難しい。しかも、正面から斬っているように見える。対峙している敵に正面から深く踏み込み、刀を横に薙ぐように払ったのであろうか。だとすると、よほどの手練か特異な技を遣う者である。思いも寄らぬ刀法で敵のふところに飛び込むか、そうでなければ敵を圧倒する迅さと太刀捌きの持ち主でなければ無理である。

唐十郎は死体から手を放すと、その場を離れ、人垣の後ろにまわった。それ以上、佐久間の死体を眺めていても仕方がなかったのだ。

桑山たち三人の藩士は、佐久間の死体を引き取ることにしたらしく、近所の辻《つじ》駕籠屋へ平永が走った。とりあえず、駕籠で隠れ家に運ぶつもりらしい。岡っ引きが、桑山に不満をいっていたが、桑山は、わが藩内の事件ゆえ町方の手出し無用、と強い口調で突っ撥ねた。

おそらく、町方も強く口出ししないだろうと思われた。厄介な事件を背負い込まずに済むし、元々武士は町方の支配外なのである。

唐十郎は桑山に、気持ちが落ち着いたら道場に来てくれ、と耳打ちしてその場を離れた。

夕闇がおおい始めた大川端を、唐十郎は影蝶のことを考えながら歩いた。助造は黙って唐十郎に跟いてくる。

――影蝶は、道場から佐久間たちの跡を尾けたのだろうか。

まず、唐十郎はそのことを考えた。牢人体で深編み笠をかぶった佐久間を、通りで見かけても気付くはずはなかった。影蝶は佐久間と知っていて跡を尾け、桑山と別れてひとりになったところを襲ったのであろう。

そうなると、佐久間が桑山といっしょに道場を出たことを知っている者が、影蝶ということになるが、まず、考えられるのは桑山である。佐久間と別れたというのは虚言で、そのままいっしょに大川端を歩き、人影のない場所で斬ったのかもしれない。

——だが、桑山ではない。

唐十郎には確信があった。まず、桑山にはそれほどの剣の腕がない。唐十郎は桑山の斬り合いを目にしているが、わざと未熟を装っているものではなかった。それに、小西を襲撃したとき、桑山は己の手で警護のひとりを斬っていた。桑山が影蝶なら、よほどのことがなければ仲間を斬ることはないはずである。

とすると、桑山以外の者ということになるが、佐久間たちが道場に来たことを知っているのは、助造、圭江、それに唐十郎自身である。唐十郎は、佐久間が道場に来たことをだれにも話していなかった。助造や圭江が知らずにだれかに漏らしたということはあるかもしれないが、ふたりが手にかけたとは思えなかった。ふたりには、佐久間たち改革派の者を斬る理由がなかったし、助造も圭江もひとりであれほど見事に首を斬る腕はないはずである。

——まだ、他にもいる。

唐十郎は、平永と町田も佐久間たちが道場に来ていることは知っていたのではないかという気がした。

平永と町田は、佐久間と同じ隠れ家に身をひそめていたのである。当然、佐久間はふたりに行き先を告げて出てきたはずだ。

だが、平永か町田と考えると、腑に落ちないこともあった。影蝶は、平永や町田が上府してくる前から暗躍し、何人もの改革派の藩士を斬っているのだ。

──分からぬ。

唐十郎には、影蝶の正体が見えなかった。その名のとおり、人目に触れず陰にひそんでいて斃す刺客のようだ。

ただ、唐十郎は自分の身辺にいるような気がしてならなかった。今度の佐久間のこともそうだが、奥州街道で襲撃に失敗したときも、こっちの動きが相手側に分かっていたように思えるのだ。

「お師匠、影蝶は何者なんでしょう」

助造が暗くなってきた家並に目をむけながら怯えたような顔でいった。助造にしても、いつ自分の首を斬られるか分からない恐怖があるのかもしれない。

「分からぬが、こうなったら、首を斬られるのを待っている手はないな」

唐十郎は、こっちからも罠を仕掛けてみようと思った。

3

翌日、唐十郎は本所緑町の明屋敷へ出かけて咲と会った。明屋敷は配下の伊賀者の連絡場所にもなっており、相良甲蔵の生前は父娘《おやこ》でいっしょに明屋敷で暮らしていることが多かった。唐十郎は敵の目から逃れるために、短期間だが明屋敷に咲たちと暮らしたこともあった。

いま、咲は独り身である。組頭として伊賀者に指図するためもあり、咲は独りになってもこの屋敷にとどまっていた。

「唐十郎さま、ここへ来るのは久し振りでございましょう」

咲は笑みを浮かべながら、居間に座した唐十郎の膝先に湯飲みを置いた。見覚えのある湯飲みだった。唐十郎が、ここで過ごしたとき、使っていたものである。咲は唐十郎のためにとっておいてくれたようである。

「うまいな」

茶がうまかった。湯飲みのせいばかりでないらしい。咲が淹れてくれたからであろう。

「唐十郎さまといっしょだと、よけいおいしゅうございます」

咲も湯飲みを手にして、うまそうに飲んだ。

「無粋な話だが、咲に頼みがあってきたのだ」

唐十郎は湯飲みを手にしたまま声をあらためていった。

「なんでございましょう」

「影蝶を討ちたい」

唐十郎は、佐久間を斬られてから仕事を度外視しても影蝶を斬りたいと思うようになっていた。それは、自分の道場を出てすぐ依頼主を始末された屈辱にくわえ、その斬り口を目にして、ひとりの剣客として影蝶と立ち合ってみたいという気になったからである。

「わたしにできることはいたします」

咲も声をあらためていった。

「桑山を尾けてくれ」

「桑山どのにご不審がございますか」

「いや、そうではない。影蝶が次に狙うとすれば、桑山だと見当をつけたのだ」

桑山は江戸の尖鋭的な改革派のなかで佐久間に次ぐ実力者だった。小西を襲ったひとりでもある。佐久間を暗殺した後、狙うとすれば桑山であろう。

「どうも、おれの身辺に影蝶はいるような気がするのだ。……おれや弥次郎が尾けたのでは、すぐに気付かれるだろうからな」

「承知しました」

「それからな、影蝶はどんな剣を遣ってくるか、読めぬ。不審な者がいても、決して近付くな」

唐十郎は念を押すようにいった。

「分かりました。ともかく、唐十郎さまにお知らせいたします」

そういうと、咲は、庭に面した障子の方に目をやった。障子に仄《ほの》かな夕日が映じていたが、部屋のなかには夕闇がひろがり始めていた。

いっとき、唐十郎と咲は黙ったまま虚空に目をとめていた。お互いの心ノ臓の鼓動が聞こえてきそうなほど静かだった。

咲のかすかな吐息が聞こえ、思いつめたような顔で唐十郎を見つめた。目が濡れたようにひかっている。

「咲、くるか」

唐十郎が手をひらいて胸をあけると、

「嬉《うれ》しゅうございます」

咲は小声でそういい、膝を寄せると、唐十郎の胸にくずれるように身をあずけてきた。

咲と会った二日後、桑山が道場に姿を見せた。桑山は疲労困憊《こんぱい》していた。頰の肉が落ち、目の下が隈《くま》取っている。佐久間の死は桑山にとって強い衝撃だったようである。佐久間が改革派のまとめ役だったということもあろうが、桑山にとっては自分と別れたすぐ後で斬殺されたことが悔やまれるのであろう。

「それで、佐久間どのの遺体はどうした」

唐十郎が訊いた。

「同志だけで、近くの寺に埋葬いたしました」

藩には、改革派の家臣を通じて急病死と伝えてもらったという。いまは無理だが、藩政を改革派がにぎったときに、肉親が佐久間家を継げるようにしておいたのだそうである。

「そうか。……実は影蝶のことで、おぬしに話があってな」

「話とは？」

「影蝶が次に狙ってくるのは、おぬしとみている」

「……！」

桑山の顔がこわばった。

「影蝶は人目のないところを選び、しかも狙った相手がひとりになったときに襲っているようだ。おそらく、おぬしの動向を探った上で、人目のない所を襲撃の場に選ぶだろう」

「佐久間さまが斬られたと聞いたとき、次は自分ではないかと思いました」

桑山は震えを帯びた声でいった。

「だが、影蝶の思いどおりにはさせぬ。まず、ひとりで出歩くときは、特に用心することだ。それに、味方にも気を許さぬ方がよい」

唐十郎は、咲が桑山を尾行することは口にしなかった。どこから漏れるかもしれなかったし、影蝶に知られれば、咲の命が狙われるからである。

それから、唐十郎は賑やかな通りを使うよう念を押した上で、桑山にときどき道場に来て藩内の情勢を知らせてくれるように頼んだ。道場の行き帰りに、咲に尾行してもらうつもりだったのだ。

「分かりました。狩谷どのも、ご油断なきよう」

桑山はけわしい顔で唐十郎に一礼し、道場を出ていった。

桑山が表通りへ出て一町ほど歩いたとき、唐十郎の家の枝折《しお》り戸があき、咲が姿を見せた。咲は武家の娘のような身装《みなり》で風呂敷包みを胸にかかえていた。桑山を尾けていく咲の姿はどこから見ても、近所に用足しに出た御家人か小旗本の娘といった感じである。

だが、その夜、咲から何の報らせもなかった。

それから三日後、また桑山が道場に姿を見せた。藩内の情勢が変わったので、知らせに来たらしい。

「小西の容体が悪化したようです。いまは寝たきりで、政務もおぼつかない様子とか」

桑山によると、右腕を切断された痕が膿《う》んだ上に、ちかごろになって頻繁に臓腑の痛みを訴えるようになったそうである。医者の診断は癪《しゃく》ということだが、日に日に悪くなるばかりだという。

　この時代は腹部の激痛をひきおこす疾患を総称して癪と呼んでいたが、胆石症、胃や十二指腸の潰瘍《かいよう》の悪化、狭心症、などが考えられる。

「ですが、小西は藩政の掌握に執念を燃やし、腹心を枕元に呼んで巻き返しのために策をめぐらし、檄《げき》を飛ばしているようです」

「最後の足掻きか」

　だが、侮《あなど》れなかった。そうしたときこそ、捨て身の攻撃に出てくるものなのだ。追いつめられた者の反撃は、苛烈《かれつ》で残虐である。当然、影蝶に命じて改革派の実力者の命を狙ってくるだろう。

「用心することだな。影蝶が襲ってくるかもしれんぞ」

「油断はいたしませぬ」

　それから、桑山は半刻（一時間）ほどして、道場を出た。

　桑山の姿が表通りを遠ざかったとき、道場の斜向《はす》かいの武家屋敷の板塀の陰から咲が通りにあらわれた。巡礼に身装を変えている。咲の変装は巧みだった。陽に灼《や》けやつれたような面立ちで、顔付きまで巡礼らしく変えている。

　その夜、咲がこわばった顔で母屋にいた唐十郎の許に忍んできた。咲が唐十郎の耳元で口にした名は、圭江だった。

「圭江か」

唐十郎は、それほど驚かなかった。胸の底に、あるいは圭江ではないかという思いがあったからである。

「はい」

咲によると、桑山が道場を出てすぐ、物陰から圭江があらわれ、跡を尾け始めたという。

「ただ、圭江どのは日本橋を渡った先まで尾けましたが、そこから脇道にそれ、姿を消してしまいました。桑山どのを襲うような気配は見えませんでしたが」

咲はこわばった顔のままいった。

「うむ……」

やはり、影蝶は圭江であろう、と唐十郎は思った。

昨日、桑山を襲わなかったのは、人目のある通りを歩いていたからであろう。それに、影蝶が圭江であれば、いろいろな疑念が解ける。まず、改革派の動向をつかんでいたことや姿を変えた佐久間が道場を出たことなど、圭江だったら探らなくとも分かっていたはずである。

まだある。影蝶が姿を見せなかったのも、己の正体が知れれば刺客として任を果たせなくなるだけでなく、己の命も失うからである。圭江が影蝶と分かれば、改革派の者でも討つことができたであろう。

高輪の藩邸で、ひとり屋敷に入り田崎を斬ったのも、生かしておけば、己の正体が唐十郎たちに知れるからである。

それに、あの特異な首の傷も説明がつく。圭江なら相手は油断し、前に立ってもすこしも警戒しないだろう。ふいをついて、隠し持った懐剣で首を狙って横に払えば、あのような傷を残して殺すこともできるはずだ。

圭江が道場に入門したのは、唐十郎の身辺にいて改革派の動向を探るためと、前もって小太刀の腕を唐十郎たちに知らせておくためであろう。隠しておいても、立ち居振る舞いから武芸の心得があると看破され、かえって疑われるが、初めからそのことを話して目の前で腕を披露しておけば、そうした振る舞いをしても疑念をいだかれることはないと読んだからではないか。

唐十郎は圭江が影蝶にまちがいないと思ったが、腑に落ちないこともあった。佐久間たちは、圭江が上府する前から、影蝶による暗殺があったと話していたのだ。それに、唐十郎を殺す気なら、その機会が圭江には何度もあったはずである。

まだ、影蝶について解けていない謎がありそうだったが、

――いずれにしろ、圭江とは決着をつけねばなるまい。

と、唐十郎は胸の内でつぶやいた。

4

「待たれよ」

唐十郎は道場を出ようとしている圭江に声をかけた。

「何か」

圭江は振り返って怪訝《けげん》そうな顔をむけた。

「途中まで、送ろう。佐久間どののこともある。それに、もうすぐ陽も暮れそうだ」

唐十郎は上空を見上げていった。暮れ六ッ（午後六時）ちかかった。陽は家並のむこうに沈み、道場の前は長い影におおわれていた。表通りに人通りはあったが、夕暮れにせかされるように足早に行き来している。

「でも、わざわざ京橋までご足労いただくのは……」

圭江は戸惑うような表情を浮かべた。

圭江は京橋を渡ってすぐの南紺屋町に住んでいると聞いていた。唐十郎は行ってみたことはなかったが、妻女とともに町宿に住んでいる親戚の許に仮寓《かぐう》しているという。

「なに、八丁堀《はっちょうぼり》の知り合いに所用があってな。そこへ行くのだ」

そういうと、唐十郎はゆっくりとした足取りで歩きだした。圭江はすぐ後ろから寄り添うように跟いてくる。他人が見たら、武家の夫婦と見るだろう。

松永町を出て、神田川にかかる和泉橋のたもとまで来ると、暮れ六ッの鐘がなった。

橋上で、唐十郎はすこし足を遅くし、

「大川端を行こう。……圭江どのと静かな川端をそぞろ歩いてみたい」

そういって、圭江を振り返った。

「……」

圭江が無言のままうつむいたとき、頬にかすかに朱が差したが、すぐに表情のない顔にもどった。一瞬、圭江の胸に高輪の土蔵のなかで肌を寄せ合ったときの光景が、蘇《よみがえ》ったのかもしれない。

それっきり、唐十郎も何も口にしなかった。ふたりは暮れなずむ江戸の町を互いの足音だけを聞きながら歩いた。

賑やかな両国広小路を抜けて薬研堀《やげんぼり》を過ぎると、急にひっそりとして人影もすくなくなった。左手は大川の川面がひろがり、右手は大名の下屋敷や中屋敷の築地塀や長屋がつづいている。陽が沈み、川岸に植えられた柳の樹陰や塀際などに夕闇が忍び寄っていた。汀《みぎわ》に寄せる水音と路傍でなく虫の音だけが聞こえている。

「佐久間どのが、襲われたのは、この先だったな」

唐十郎が何気なく訊いた。

「話には聞きましたが、どの辺りかは存じませぬ」

圭江はかすかに震えを帯びた声でいった。

唐十郎はそれ以上問わず、圭江も何も口にしなかった。ふたりは、また無言のまま歩いた。

唐十郎は背後に気を配っていた。圭江は胸に懐剣を忍ばせているはずである。後ろから、首を掻く気ならできないことはない。唐十郎は圭江の足音や呼吸の乱れを察知しようとした。

だが、その気配はまったくない。

何事もなく佐久間が殺されていた場所も通り過ぎた。大川端の通りは一層寂しくなり、人影も途絶えていた。さっきより夕闇も濃くなり、岸近くを歩いているせいか、大川の流れの音が耳を打つように聞こえてくる。

ふと、前方の武家屋敷の板塀の陰に人影が見えた。暮色に染まったなかに、立っている武士の姿がぼんやりと見えた。小柄な男である。二刀を帯びていた。御家人か、江戸勤番の藩士といった感じである。男はゆっくりとした足取りで道のなかほどに出てくると、唐十郎の行く手をはばむように立った。

「おれを、狙っているのか！」

思わず、唐十郎の口から声が出た。

とになる。

そのとき、唐十郎はやつが影蝶ではないかと思った。となると、圭江は影蝶ではないこ
――影蝶は別にいたのか！

唐十郎は驚愕し、安堵した。やはり、胸の内では、圭江を影蝶とは思いたくなかったのである。

それにしても、何者であろうか。顔に見覚えはなかった。

唐十郎は立っている男と五間ほどの間をおいて、足をとめた。背後にいた圭江が身を寄せて、

「狩谷さま、逃げましょう」

と、おびえたような声でいった。

対峙した男は底びかりする目で唐十郎を見すえていた。小柄だが敏捷そうである。全身から痺《しび》れるような殺気を放射していた。

「うぬの名は」

唐十郎が誰何した。

「溝口孫一郎」

「溝口か……」

佐久間たちが小西を襲ったとき、護衛のなかで、ただひとり生き残って上屋敷まで連れ

もどった男である。

「うぬが、影蝶だったのか」

それには答えず、溝口は抜刀した。両刀である。右手にすこし短めの一尺八寸ほどの刀、左手に小刀を持っていた。

溝口はゆっくりと唐十郎との間をつめながら両手を挙げて、二刀を逆八の字に構えた。蝶が羽をひろげたような格好である。

そのとき、圭江がさらに唐十郎に身を寄せ、

「狩谷さま、ご助勢いたします」

といって、懐剣を抜いた。

溝口はさらに迫ってきた。蝶が羽ばたくように、二刀を頭上で交差させている。弥次郎と対決した奥平が取った構えと同じである。

――偽蝶！

という言葉が、唐十郎の脳裏をよぎった。その瞬間、背後に刺すような鋭い殺気を感じた。咄嗟に唐十郎が脇へ跳ぶのと、耳元で圭江の袖が舞い、懐剣の切っ先が喉元をかすめるのとが同時だった。

――圭江が影蝶！

唐十郎はすべてを察知した。

やはり、圭江が影蝶だったのである。ただ、圭江ひとりの仕掛けではなかったのだ。偽蝶である奥平や溝口が、相手の目を奪うような奇異な構えをし、それに気を取られた隙をとらえて、背後から影蝶である圭江が懐剣で相手の喉を掻っ斬るのだ。

背後から腕をまわし、喉を掻っ斬るため、横に刀身を払ったような傷を生むのであろう。――それにしても、なぜ、迷った。

唐十郎は、圭江が腕をまわそうとした一瞬、逡巡《しゅんじゅん》するように切っ先が揺れたのを感じた。その迷いで、背後からの斬撃がにぶったようなのである。

唐十郎の首筋にかすかな痛みがあった。だが、かすり傷だった。薄く皮肉を裂かれただけである。あと一寸、懐剣の切っ先が伸びていたら、唐十郎の命はなかったろう。圭江の一瞬の迷いが、唐十郎の命を救ったことになる。

「溝口どの、斬れ！」

圭江が甲走った声を上げた。

顔が蒼ざめ、目がつり上がっていた。夜叉《やしゃ》のような顔である。圭江は右手の懐剣を前に突き出すように構えていた。道場で何度か目にした小太刀の構えである。

一方、溝口は両手に大小を持ち、逆八の字に構えていた。この構えから、斬撃をくりだしてくるらしい。

唐十郎の前に溝口、背後に圭江がいた。ふたりは夕闇のなかに目をひからせ、すこしずつ間をせばめてくる。

——浪返《なみがえし》を遣う。

5

小宮山流居合、浪返は前後からふたりの敵に攻められたときに遣う技である。抜きつけの一刀で、正面の敵の右脛に斬りつけて敵の出足をとめ、同時に大きく上段に刀身を振り上げながら身をひるがえし、背後の敵の頭上から斬り落とす。その刀身の流れが、引いて返す波に似ていることから浪返と呼ばれている。

唐十郎は祐広の柄に右手を添え、居合腰に沈めて抜刀の機をうかがった。浪返は前後の敵との間合が大事である。前の敵より背後の敵との間をひろく取っておかなければ、反転して斬り下ろす間に背後から斬撃を受けることになるのだ。

溝口との間は、およそ一間半。圭江との間がおよそ二間。ふたりともあと、半間ほど近付けば仕掛けられる。

溝口と圭江は、ジリジリと間合をせばめてきた。息のつまるような殺気が唐十郎をつつんでいる。大川の水音も虫の音も、唐十郎には聞こえていなかった。全神経を背後のふたりに集中し、抜刀の機をうかがっている。

と、溝口の右足が一間の間合へ踏み込んだ。刹那、右手の肘が、ピクッと動いた。

――来る！

察知した瞬間、唐十郎が抜きつけた。

イヤアッ！

裂帛の気合を発し、稲妻のような閃光が唐十郎の腰元から疾った。

ほぼ同時に、溝口が右手の刀を振り下ろした。

唐十郎の切っ先が溝口の脛を浅く薙ぐ。次の瞬間、溝口の切っ先は唐十郎の肩先をかすめて流れた。右手一本で上段から斬り下ろしたため、溝口の斬撃はやや鋭さに欠けたのである。

ギャッ、と絶叫を上げ、溝口の体がのけぞった。大きく胴が空いたが、そのとき唐十郎は上段に振りかぶりざま、反転していた。一瞬の流れるような体捌きである。

間髪をいれず、圭江が懐剣をふりかざして踏み込んできた。

タアッ！

短い気合を発しざま、唐十郎は上段から斬り下ろした。

その刀身が、踏み込んできた圭江の肩口へ入った。圭江の鎖骨を断ち、首根から血飛沫《ちしぶき》が散った。圭江は喉のつまったような呻き声を上げ、よろよろと後じさり、がっくりと両膝をついてうずくまった。

通常、浪返の上段から斬り下ろす太刀は、敵の頭を割る。だが、反転した唐十郎の目に圭江の顔が見えたとき、頭上に斬り下ろすことをためらい、刀身がそれて肩口へ入ったのだ。唐十郎にも一瞬の迷いが生じたのだ。

「お、おのれ！　狩谷」

憤怒の声を上げ、溝口が踏み込んできた。

左手の小刀を前に突き出し、右手の大刀をふりかぶっている。前の小刀で牽制《けんせい》し、右手の大刀を斬り下ろすつもりらしい。

だが、溝口の攻撃には鋭さも迅《はや》さもなかった。唐十郎は溝口が突き出した左手の小刀をかわし、つづいて斬り下ろしてきた大刀を強くはじいた。

溝口がよろめいた。右手一本で持っていた大刀を強くはじかれたため体勢がくずれたのである。

唐十郎は溝口に追いすがり、脇から祐広を横一文字に払った。にぶい骨音がし、溝口の首が前にかしいだ。次の瞬間、首根から激しい勢いで血が飛び散った。溝口は血を撒きながら、よろよろと二間ほど歩き、ふいに足をとめてつっ立つと、首から前に落ちるように転倒した。

溝口はつっ伏したまま動かなかった。夕闇のなかで、首根から噴出した血の地面を穿《うが》つ音が物悲しくひびいたが、それもすぐに聞こえなくなった。

唐十郎は、うずくまっている圭江のそばに走り寄った。まだ、生きている。肩から胸にかけて血まみれだったが、両肩が上下し苦しげな喘ぎ声が聞こえた。

「圭江」

唐十郎は脇にかがんで声をかけた。

「か、狩谷さま……」

圭江が伏せていた顔を起こして、唐十郎の方にむけた。

土気色の顔が、苦痛にゆがんでいた。目ばかりが異様にひかっている。唐十郎は、圭江の命が長くないことを察知した。

そのとき、圭江の体が揺れ、前に倒れそうになった。咄嗟に、唐十郎は両手を出して圭江を抱きとめてやった。

「なぜだ、なぜ影蝶などになったのだ」

唐十郎には、女の身で刺客になった圭江の胸の内が分からなかった。

「こ、これしか、生きる術《すべ》がなかったのです」

圭江が絞り出すような声でいった。

「なぜ、おれを殺さなかった」

いまもそうだった。圭江に一瞬の躊躇がなかったら、唐十郎は喉をえぐられ、影蝶の餌《え》食《じき》になっていたはずだ。

「よ、圭江は狩谷さまを、お慕い……」

そこまで、口にして圭江は言葉を呑んだ。そして、唐十郎の顔を切なそうな目で見ると、体を唐十郎に預けるように寄りかかってきた。

唐十郎が体を支えるように強く抱きしめてやると、ふいに圭江の首がガックリと前に垂れた。息絶えたようである。

唐十郎は、いっとき圭江の体を抱きしめていた。その姿をおおい隠すように、夜陰が忍び寄りふたりをつつんでいく。辺りにただよっている血の臭いだけが、凄惨な出来事を語っていた。

唐十郎は圭江の死体を柳の樹陰に隠すように横たえて、その場を離れた。明朝にも、桑山に連絡し、ふたりの死体を引き取ってもらうつもりだった。せめて、圭江だけでも埋葬してやろうと思ったのである。

唐十郎は祐広を腰に帯びて歩きだした。月は出ていなかった。闇が濃くなり、星明かりにぼんやりと大川端の道が浮き上がっている。

唐十郎の胸に、圭江とともにとじこめられた高輪の土蔵内のことがよみがえった。

――圭江は、閉じ込められたのではない。おれたちをおびき出すために、自ら土蔵のなかに入って待っていたのだ。

助けにきた改革派の者と土蔵のなかに閉じ込められた状況を作り、あのなかで殺すつもりだったのだ。敵を油断させ、人目に触れずに殺すには、密閉された土蔵のなかほど都合のいい場所はない。

屋敷内にいた奥平たちが、十分な食べ物や飲み物を運んだのも、影蝶である圭江のためだったのである。

――圭江が肌を許したのも、おれを油断させるためだったのであろう。

その思惑どおり、唐十郎は圭江をすこしも疑わなかった。唐十郎は隙だらけだったはずである。土蔵のなかで、圭江にはいくらでも唐十郎を殺す機会があったにちがいない。

だが、圭江は最後まで、唐十郎に刃をむけなかった。なぜ、唐十郎を殺さなかったのか。圭江がいまわの際に口にした言葉が、その疑念を解いてくれた。

――女の性《さが》か。

肌を許した唐十郎に、特別な思いをいだいたようなのだ。影蝶と呼ばれる残忍な殺し屋もひとりの女だったのである。

唐十郎は闇につつまれた大川端を、ひとり飄然《ひょうぜん》と歩いていた。暗い川面を渡ってきた冷たい風が、川端の柳を揺らしていた。

唐十郎には影蝶を斃した満足感はなかった。体のなかに物悲しい風が、吹き抜けていた。

6

庭の隅に、ひとつぽつんと石仏が立っていた。唐十郎が近くの石屋に頼んで、圭江の供養のために彫ってもらったものである。その背には、圭江の名と享年が刻んであった。

唐十郎が圭江を斬って、一月の余が経っていた。

庭には唐十郎が今まで手にかけた多くの者たちの石仏が立っていたが、どれも繁茂した夏草のなかに埋まっていた。圭江の石仏だけはまわりに草がなかったので、その姿を見せていたのだ。

さきほど、唐十郎は圭江の石仏の頭から酒をかけてやり合掌して冥福を祈った後、縁先に胡座をかき、残った貧乏徳利の酒を湯飲みについで飲み始めたのである。

いっときしたとき、枝折り戸を押して、咲が姿を見せた。武家の娘の格好である。唐十郎の姿を見ると、微笑みかけ、唐十郎の脇に並んで腰を下ろした。

「咲、飲むか」

唐十郎が飲み干した湯飲みを咲の方に差し出した。

「いいえ、忍びの女が酔って赤い顔をしていたら、おかしいでしょう」

咲は笑いながら首を横に振り、唐十郎のかたわらに置いてあった貧乏徳利を手にした。

「そうか」

唐十郎は無理にはすすめず、咲に酒をついでもらった。

しばらく、ふたりは並んだまま秋の陽射しの満ちた庭に目をやっていたが、

「圭江どのの石仏ですね」

と、咲は新しい石像に目をやって訊いた。

「そうだ。おれの仕事も終わったのでな。供養してやろうと思ったのだ」

「それにしても、圭江どのが影蝶とは思ってもみませんでした」

「おれもそうだ」


圭江を斬って十日ほどしてから、唐十郎は桑山から圭江のことを詳しく訊いていた。桑山も、唐十郎から圭江が影蝶だったと聞いて驚き、藩士にあたって圭江のことを調べたらしい。

圭江は切腹した萩原幹三郎の許嫁だと臭わせ、それを上府の口実にして改革派にも取り入ったらしい。ただ、萩原が江戸に来る前、圭江は萩原とともに自分の屋敷の庭で双源流を学んでいたことは事実で、そのことを改革派の者も知っていたので、圭江の言葉を信じたのだそうだ。

圭江が萩原と言い交わした仲ではなかったという桑山の話に、唐十郎は黙ってうなずい

た。その話は圭江から聞いていたのだ。

「なぜ、圭江は影蝶などになったのであろう」

唐十郎は、圭江に訊いたことをもう一度口にした。その後もずっと、そのことは胸にひっかかっていたのだ。

「圭江の父親の島田部左衛門は小西と昵懇《じっこん》の間柄でした。おそらく、小西には島田の腕を利用したいという思いがあって、近付いたのでしょう。島田を徒士組小頭に栄進させ家禄を引き上げたのも小西だそうです。小西は双源流の道場をひらいていた島田に、江戸へ出て改革派の藩士を斬ってくれるよう依頼したようです。ところが、島田は老齢だったし、嫡男は過激な稽古のために大怪我をし、江戸へ出てくることができなかった。そこで、小太刀を身につけさせた圭江を説得して江戸にむけたようなのです。島田家のことに詳しい藩士の話だと、武芸をもって家を立てようとした島田は何としても、小西の期待に沿いたかったのではないかということです」

だが、いかに小太刀の遣い手とはいえ女であり、刺客としては頼りにならない。そこで、江戸にいる門閥派のなかの自分の門弟だった藩士に、偽蝶役を頼み、影蝶なる暗殺術を圭江に教えたらしいという。

「そういうことか」

奥平と溝口は父親の門弟だったようだ。おそらく、圭江が江戸へ来る前まで、奥平と溝ロが組んで、影蝶として兇刃をふるっていたのであろう。

「圭江がそのような恐ろしい女とは、思いもしませんでした」

桑山は蒼ざめた顔で、身を竦《すく》めるようにしていった。面にこそ出さなかったが桑山の胸の内には、圭江のことを同志としてではなくひとりの女として思うものがあったのかもしれない。だが、その思いにも冷水を浴びせられたようである。

「そうだな」

そう答えたが、唐十郎は圭江を恐ろしい女とは思わなかった。圭江は情に溺《おぼ》れ、一度だけ肌を合わせた男のために自らの命を断ったのである。

「ところで、宇田川はどうした」

唐十郎が訊いた。門閥派の刺客のなかで宇田川だけ斬っていなかった。

「切腹しました」

桑山によると、その後、小西が重篤になったこともあり、藩主成康は小西を隠居させて改革派の重臣を江戸家老に据えた。そのことにより、宇田川は植村を刺し殺したことで追及されて断罪されると察知し、藩邸内で自刃したという。

「そこもとらの願いどおり、門閥派は一掃されたわけだな」

まだ、国許の梅田里右衛門や蔵元の大垣屋が残っているが、いずれふたりも改革派によって処断されるであろう。

「これも、狩谷どののたちのお蔭でございます」

桑山はあらためて礼をいって道場を後にした。

「圭江どのは、高輪の土蔵のなかでも唐十郎さまのお命も狙っていたのでしょうね」

咲がそういって、唐十郎の目を見つめた。いたずらっぽい表情を浮かべていたが、目には唐十郎の心底を覗くようなひかりがあった。

それに圭江は家を守るために、江戸へ出て刺客として働いたのである。いまわの際に、圭江は、これしか生きる術はなかった、と口にしたが、それは武術家の家に生まれた者の宿命でもあった。双源流という剣術が女である圭江にも、過酷に生きることを強いたのである。唐十郎も同じような境遇なので、圭江の立場は理解できた。

「どうかな」

唐十郎は土蔵のなかで何があったか話さなかったが、咲の助けがもうすこし遅かったら、殺されていたかもしれぬ、とだけ口にした。

咲も、それ以上訊かなかった。黙ったまま圭江の石仏の方に目をむけた。

「咲……」

唐十郎が小声で呼んだ。

「何でしょう」

咲は唐十郎に顔をむけた。

「圭江は小太刀など身につけねばよかったのだ。そうすれば、影蝶などと呼ばれて人を殺さずにすんだであろう」

女に剣は似合わぬ、まして闇にひそんでふるう陰湿な剣は、悲しい結末を生むだけだ、と唐十郎は思った。

「蝶は花を求めて明るい陽射しのなかを飛ぶのが似合いましょう」

咲はつぶやくような声でいった。うつむいた横顔に翳《かげ》があった。咲も忍びとして闇のなかで生きる宿命を背負っている。あるいは、己の身と圭江を重ねてみたのかもしれない。

「影蝶か……」

唐十郎は女の悲哀のこもった名のような気がした。

# 一〇〇字書評

切り取り線

**購買動機**（新聞、雑誌名を記入するか、あるいは○をつけてください）

□（　　　　　　　　　　　　　　　）の広告を見て
□（　　　　　　　　　　　　　　　）の書評を見て
□ 知人のすすめで　　　□ タイトルに惹かれて
□ カバーが良かったから　　　□ 内容が面白そうだから
□ 好きな作家だから　　　□ 好きな分野の本だから

・最近、最も感銘を受けた作品名をお書き下さい

・あなたのお好きな作家名をお書き下さい

・その他、ご要望がありましたらお書き下さい

| | | | | | |
|---|---|---|---|---|---|
| 住所 | 〒 | | | | |
| 氏名 | | 職業 | | 年齢 | |
| Eメール | ※携帯には配信できません | | 新刊情報等のメール配信を 希望する・しない | | |

この本の感想を、編集部までお寄せいただけたらありがたく存じます。今後の企画の参考にさせていただきます。Eメールでも結構です。

いただいた「一〇〇字書評」は、新聞・雑誌等に紹介させていただくことがあります。その場合はお礼として特製図書カードを差し上げます。

前ページの原稿用紙に書評をお書きの上、切り取り、左記までお送り下さい。宛先の住所は不要です。

なお、ご記入いただいたお名前、ご住所等は、書評紹介の事前了解、謝礼のお届けのためだけに利用し、そのほかの目的のために利用することはありません。

〒一〇一－八七〇一
祥伝社文庫編集長　坂口芳和
電話　〇三（三二六五）二〇八〇

祥伝社ホームページの「ブックレビュー」からも、書き込めます。
http://www.shodensha.co.jp/bookreview/

祥伝社文庫

悲《ひ》の剣《けん》　介錯人《かいしやくにん》・野晒唐十郎《のざらしとうじゆうろう》

平成17年9月5日　初版第1刷発行
平成24年4月11日　　第5刷発行

著　者　鳥羽《とば》　亮《りよう》
発行者　竹内和芳
発行所　祥伝社《しようでんしや》
東京都千代田区神田神保町3-3
〒101-8701
電話　03（3265）2081（販売部）
電話　03（3265）2080（編集部）
電話　03（3265）3622（業務部）
http://www.shodensha.co.jp/

印刷所　堀内印刷
製本所　ナショナル製本



Printed in Japan ©2005, Ryō Toba　ISBN978-4-396-33248-8 C0193